波兰人在远东

[波] 塔德乌什·舒凯维奇 等著
黑龙江省求真经济研究基金会 译

哈尔滨出版社
HARBIN PUBLISHING HOUSE

图书在版编目（CIP）数据

波兰人在远东/（波）塔德乌什·舒凯维奇等著；黑龙江省求真经济研究基金会译.—哈尔滨：哈尔滨出版社，2018.6
（哈尔滨记忆）
ISBN 978-7-5484-3344-6

Ⅰ.①波… Ⅱ.①塔… ②黑… Ⅲ.①纪实文学-波兰-现代 Ⅳ.①I513.55

中国版本图书馆CIP数据核字（2017）第075012号

书　　名：波兰人在远东

作　　者：[波]塔德乌什·舒凯维奇　等著　黑龙江省求真经济研究基金会　译
责任编辑：李金秋　滕　达
责任审校：李　战
封面设计：孜闻书装坊
版式设计：哈尔滨今佳快印有限公司
封面绘画：母绍锋

出版发行：哈尔滨出版社（Harbin Publishing House）
社　　址：哈尔滨市松北区世坤路738号9号楼　　邮编：150028
经　　销：全国新华书店
印　　刷：哈尔滨市石桥印务有限公司
网　　址：www.hrbcbs.com　　www.mifengniao.com
E-mail：hrbcbs@yeah.net
编辑版权热线：（0451）87900271　87900272
销售热线：（0451）87900202　87900203
邮购热线：4006900345　（0451）87900256

开　　本：787mm×1092mm　1/16　印张：15　字数：191千字
版　　次：2018年6月第1版
印　　次：2018年6月第1次印刷
书　　号：ISBN 978-7-5484-3344-6
定　　价：78.00元

代　序

DAIXU

20世纪的前半叶，随着中东铁路的修筑与经营，沙皇俄国在哈尔滨实行殖民统治长达18年，俄国十月革命后，沙俄残余势力在这里蛮横盘踞10年之久；东北沦陷后，哈尔滨人民又沦为“亡国奴”，度过了日伪统治的14年……但“任何一次巨大的历史灾难都是以巨大的历史进步作为补偿的”。正是在帝国主义列强勾结角逐的过程中，哈尔滨逐渐由村屯聚落演化为近代城市，又迅速发展为“绾欧亚交通之枢纽、居华洋商埠之重心”的国际大都市；正是各国侨民的大量拥入，中西文化的共生、碰撞和交融，才使哈尔滨成了西方近代文明传入中国的窗口。历史上，曾先后有19个国家在哈尔滨开设了21个领事馆或总领事馆（其中，俄罗斯先后有俄国、远东共和国、苏联三个领事馆或代表部），30多个国家的侨民生活在这里。各国各族人民都曾为哈尔滨这座城市的形成与发展，做出过自己的贡献。

波兰侨民是哈尔滨历史上诸多外侨中的重要一族，其人口最多时可达5 000—7 000人。他们在这里与中国人民友好相处，自由地从事工商、文教、社团与宗教活动，同时也为哈尔滨城市的国际化和文化的多元化发挥了积极作用。2002年6月，笔者曾撰写《波兰人在哈尔滨》一文，发表于《黑龙江日报》。当时由于史料匮乏，很多问题难以说得准确明晰。迄今，关于波兰人在哈尔滨的历史研究仍处于拓荒阶段。由黑龙江省政协求真经济研究基金会积极策划和运作，即将付梓的《波兰人在远东》中文译本，无疑将为这个领域的研究提供较为坚实的史料基础。

《波兰人在远东》原著为波兰文，1928年出版于哈尔滨，大32开本，222页，附图54幅。它是1927年哈尔滨波兰侨民执行委员会为参加在华沙召开的波兰侨民代表大会，参展波兰海外侨民博览会而准备的报告材料，是在哈尔滨的波兰知名人士塔德乌什·舒凯维奇、卡齐米日·格罗霍夫斯基等撰写的专论文集。文集中涉及东北简史、波兰天主教会、波兰家园协会及各社会团体、媒体、音乐、学校等各个方面的内容。文集中以大量的篇幅介绍了哈尔滨波兰人的情况，表明在远东地区各国各城市中，哈尔滨无疑是波兰侨民人数最多、影响最大、活动最为活跃的中心。同时，文集也涉及了波兰人在海拉尔、上海、新疆地区，乃至在蒙古、日本、菲律宾、印度等国的情况。此文集虽然不是有系统和体例的专著，但毕竟是当事人的原始记载，信息量大，资料性强，可信度高，为波兰人在远东这一新的领域研究提供了许多素材和线索，并以详实的史料订正了既往记载的某些失实之处。

从史论的角度来说，本书对中东铁路建设“和平征服”的实质是有清醒的认识和表述的。但不能不指出，由于时代的局限、历史观的差异和看问题的角度不同，或因史料占有的缺憾，文中对某些历史问题的提法是我们不能苟同的。

1.关于所谓哈尔滨建城问题。作者在这一节中说“正是他所在的这支队伍（希特洛夫斯基工程师率领的先遣队）建立了哈尔滨”“载着建设局工程师和官员的圣诺森号与奥德赛号轮船分别于（1898 年）5 月 13 日、16 日到达这里，他们的到达标志着哈尔滨城的正式建立”。这里我们无意对建设局人员来哈尔滨所乘轮船的船号和时间的对错进行考证，仅就其观点而言，以上论点沿袭了俄国殖民主义者的说法。诚然，哈尔滨是依路而兴的。中东铁路的建筑与经营促进了哈尔滨由村屯聚落向铁路村镇的转化，促进了城市的形成和发展。但确定所谓建城时间或者建城纪念日，应是以开始建筑城垣或行政设置的时间为依据的。绝不是俄国人轮船一到，哈尔滨城市就正式建立了。

2.在“中国的‘突厥斯坦’”一节中，作者多次把中国的新疆地区称为“中国的‘突厥斯坦’”，是错误的。众所周知，“中国‘突厥斯坦’”是“东突厥斯坦”的代名词。它并不是一个单纯的地理方位解释，而是殖民主义者为肢解中国而提出的一个政治概念。历史上是这样，现实仍是如此。新疆民族分裂主义分子现在仍将“东突厥斯坦”作为他们分裂运动的称谓，就是有力的反证。

3.在“海拉尔·关于巴尔噶地区重镇的专论”一节中，作者提到了蒙古匪首巴布扎布，说他“为了蒙古的独立与中国人做斗争”“只是没有完成重要的历史使命”，将蒙古从中国的枷锁中解救出来，说“作为坚毅勇敢的斗士巴布扎布继续与中国人做斗争”等。巴布扎布何许人？他就是在日本人策划的第二次“满蒙独立运动”中充当马前卒的人，在西林一战中被奉军击毙的分裂主义分子。对他的极力吹捧，实际上就是对“满蒙独立论”的认同。

4.在“波兰人在日本”一节中，作者把日俄战争中被俄国人捕获、在哈尔滨处死的日本间谍横川省三、冲祯介称为“为了祖国幸福而贡献了自己生命”的英雄，并评价“他们死得英勇和平静的状态是日本年轻一代的榜样”。此种论调完全是站在日本军国主义的立场上，为日本间谍涂脂抹粉。

5.在“波兰人在中国的中南部”一节中，作者在谈到香港时，特意加括弧解释为“属于英国的岛屿”；在“台湾”一节中，称台湾岛“从 1895 年开始就属于日本”；关于库页岛，说“俄罗斯政府于 19 世纪 70 年代根据与日本人签订的条约，占领了萨哈林，那么 1 700 年前的开拓者已经没有任何痕迹了”等。这里完全无视香港和台湾是中国神圣领土，萨哈林岛原属中国，称之为库页岛的历史事实。显然是错误的，违背历史的。

综上所述，笔者认为《波兰人在远东》有重要的拾遗补缺的史料价值。但也提请读者注意，书中的一些错误观点和见解却不是我们赞同的。

遵宇新主席嘱，写此小文，以为序言。

李述笑

2015 年 3 月 30 日

目 录

MULU

哈尔滨波兰执行委员会

1926 年 7 月初，远在中国哈尔滨的波兰侨民收到了来自祖国的消息，称当局正计划在华沙召开波兰侨民代表大会，对这一计划最感兴趣的莫过于波兰的海外侨民。侨居地的波兰侨民无不同意该计划发起人的观点，他们认为侨民代表大会的召开对经济文化的发展，对身处世界各地的波兰侨民都具有巨大的影响和非凡的意义。甚至在未得到华沙方面更为确切的消息时，发起人已然开始着手准备，从哈尔滨的波兰文化机构、社会团体，以及工商业巨头中选拔代表。1926 年 7 月 23 日，学院及多名代表应邀前往参加选举会议。

当天与会人员有：一、波兰共和国代表；二、西伯利亚福音会理事；三、新城区教区代理主教；四、港湾区教区代理主教；五、波兰之家协会与波兰红十字会主席；六、波兰显克微支中学校长；

七、波兰之家协会附属学校校长；八、显克微支中学家长教师协会主席；九、显克微支中学教育委员会代表；十、教会理事会成员；十一、《波兰周刊》主编；十二、音乐协会代表；十三、圣文森特·保禄协会主席；十四、波兰青年联盟主席，以及六名尚未建立相关组织的波兰工商业代表。这些成员都是举足轻重的人物，对波兰在中国的侨民地具有十分重要的影响。

在选举会议上，众人公推塔德乌什·舒凯维奇先生为代表，参加华沙的侨民代表大会。舒凯维奇先生在哈尔滨的六年中，积极开展社会和教育活动，现正在华沙休假。他致力于推动波兰国内社会了解殖民地的意义和需求，同时也为殖民地文化及慈善机构积极奔走。正是由于舒凯维奇先生的努力，这些机构才获得了长足的发展。

不久之后，哈尔滨方面又收到了来自华沙的消息，消息称侨民代表大会的日期确定为 1927 年 5 月 3 日。代表团十分重视此次大会，并且向整个侨居地宣布了这一消息。会议筹备期间，代表团在许多细节方面，也力求做到万无一失，譬如准备波兰侨居地博览会——虽然时至今日这一盛会并不为众人所熟知，但对于推动波兰国内社会进一步了解海外侨居地的意义和需求十分重要。

第二次选举会议于 1926 年 12 月 8 日举行，7 月 23 日的全体与会人员再一次参加了本次会议。会议上再次确定舒凯维奇先生为华沙会议的代表，同时进一步选举若干人组成执行委员会，其主要目的是在侨民代表大会上介绍殖民地对于波兰民族、经济以及文化发展的意义。

执行委员会由以下成员构成：

古斯塔夫·艾美力克

卡齐米日·格罗霍夫斯基(工程师)

海沃斯·亚历山大

安东尼·莱什采维奇神父(哈尔滨埠头区教区主教)

安杰伊·雷什瓦

盖拉德·皮奥特洛夫斯基神父(西伯利亚福音会理事)

保林·威尔钦斯基神父(神学院院长)

沃尔夫·柴思瓦夫(工程师)

会议选举皮奥特洛夫斯基神父为执行委员会主席,格罗霍夫斯基为秘书长。

为进一步实现目标,执行委员会决定召开消息发布会,在会上可以公布并解释波兰在中国以及远东其他地区的侨居地的现状,以及在这些地区的波兰文化机构的发展状况。同时为促进波兰的民族、文化和经济在远东地区的发展,执行委员会制定规章,并参与到相关项目的管理和实施中。

在召开一系列会议之后,执行委员会得出结论:松散的、无组织的波兰移民永远不可能实现最主要的目标,也就是一方面保持文化及民族语言认同感,另一方面依然承认波兰为自己的祖国。为实现这一目的,波兰需要借鉴这三个国家的经验——日本、意大利以及德国。它们完全没有,或者仅有小部分殖民地,但是海外移民的规模十分庞大,这种情况与波兰十分相似。

通过借鉴这些国家的经验,执行委员会制订了“波兰移民联盟公约”计划,这一计划由波兰侨居地代表在侨民代表大会上公布,并且受到了整个波兰学界的广泛关注。接下来执行委员会的任务便是不断收集相关材料，证明波兰在远东地区的侨居地的价值和意义。

然而这一工作并非易事，特别是面对接踵而至的革命和世界大战，侨居地仍然面临着极大的变数，特别是对经济方面的影响，更是令人难以预料。

从另一方面来看，这些工作则是为日后进一步研究波兰在远东地区扩张的意义提供尽可能详实的资料。

执行委员会同时负责侨居地博览会展品的收集和运送工作，博览会不久之后将在华沙举行。在第一阶段，罗伯特·维热斯基收集的中国展品将运往华沙参展。这一期间包括波兰报刊和书籍在内的展品收集工作举步维艰，具体原因会在其他相关文章中详述。如果在中国建立波兰出版社的计划尚存一线希望，那么可以说这是波兰思想在远东印刷业中结出的又一硕果，遗憾的是参展的藏品中大多数早已不复存在。除此之外，执行委员会还努力收集记录侨居地波兰社会团体和学术机构发展变化的图表，并将其送往华沙参展。

执行委员会的工作面临重重困难，比如工作范围不断扩大、材料收集困难、经费紧张等，但人们依然顶住压力，努力完成任务。他们的工作在当地引起强烈反响，获得了民众的广泛支持。在远东地区所有波兰侨居地中，哈尔滨地区人数最为众多，但在这里也仅有三人不积极配合委员会的工作。需要指出的是在其他国家，与移民相关的法案，或者与侨民代表大会类似的活动往往会出现许多不和谐的声音，更有甚者引起当地民众的强烈不满甚至骚乱。对此我们可以骄傲地认为，波兰在中国的侨居地可以成为民族团结统一的模范和值得学习的榜样。

当地民众对委员会工作给予的广泛支持和认可不仅使委员会十分满意，我们也因此能够做到让读者全面了解侨居地的所有活动。条件所限，困难颇多，本书中出现的错误及不甚准确之处，还望各位读者批评指正。

哈尔滨波兰执行委员会

1927 年 5 月 3 日

波兰国庆日

中国·哈尔滨

东北历史

当数千波兰移民踏上这片遥远而陌生的远东土地，来到异国的神秘城市时，几乎无人知晓等待自己的究竟是何种命运。往事已湮没在历史长河中不为人知，我们无法准确地描述这片土地的前世今生，但这座包容了数千波兰移民一生的城市——哈尔滨，不仅是学识渊博的史学家的研究对象，也是许多有识之士的兴趣所在。而我们依然可以从有限的历史记载中，管窥这座远东城市的发展脉络。

一、通古斯民族

（一）肃慎

上古时期，在今日哈尔滨城所屹立的土地上，居住着的是被

哈尔滨城市景观：中国大街（现中央大街）、松花江以及铁路大桥，桥上通行的是往返于斯托乌布采与哈尔滨的火车。

称为肃慎的少数民族，他们的历史可以追溯至公元前 2225 年。关于肃慎的起源，有观点认为他们实为通古斯民族的苗裔，而在施密特教授看来，他们应是从中亚、西亚迁移至此的突厥民族的后代。肃慎民族以渔猎为生，好勇斗狠，能征善战，常常与居于其南部的汉民族爆发冲突。

（二）夫餘

公元前 3 世纪，夫餘在松花江沿岸之地建国，至 285 年第一次灭国，5 世纪末，其国终灭。几百年间，夫餘在其南部国境上建起绵延千里的长城，长城位于今日哈尔滨以西 383 千米处，大兴安岭东麓，成吉思汗火车站附近。夫餘国西部边境与清代所设柳条边相似，将满洲与内蒙古分隔开来。

（三）渤海国

698年，粟末部首领大祚荣建立震国；713年，改称渤海。渤海国文化昌盛，经济繁荣，农业、矿业、冶金业等具有一定规模。其最盛时期所辖国土东临日本海，西抵嫩江，北至黑龙江，南与高句丽接壤。其国都位于今日海林火车站以南40千米的宁古塔附近。时至今日，都城遗址依然吸引大批欧洲考古学家前往考察。

（四）契丹

926年，渤海国为东迁至此的契丹所灭。契丹控制着从中亚到太平洋的广袤土地，并在此建国，以“辽”为国号，直至1125年为女真所灭。

（五）女真

1125年，具有通古斯民族血统的女真击败契丹，占据了整个满洲、朝鲜半岛与中国北部，并以“金”为国号，但其国运也不过百余年。

二、蒙古民族

在金国以西的蒙古草原上，铁木真统一蒙古诸部后，开始进行对整个欧亚大陆的征服。在成吉思汗统治期间，草原帝国吞并近半个亚洲，蒙古骑兵驰骋于俄罗斯南部平原。在其死后，成吉思汗的子孙于1234年攻灭金国，并于1279年统一中国，将所有的国家纳入蒙元帝国的版图范围之内。在其治下的满洲衰败不堪，大大小小的部落征战杀伐不断。

三、满族

16 世纪，建州女真首领努尔哈赤统一女真各部，平定满洲，其雄才大略丝毫不逊于亚历山大大帝与恺撒大帝。而后女真人建国，国号后金，之后改为清。无论是“金”还是“清”，都是“中国”(Chiny)一词的词源。

努尔哈赤不仅武功煊赫，同时更重文治。为了摆脱汉文化的影响，努尔哈赤命人创造独立的字母文字——满文，自 1599 年始，使用满文书写和印刷所有书籍与朝廷文件。

努尔哈赤再一次征服中原。1636 年，努尔哈赤之子皇太极改后金为清，随后清王朝统治整个中国 200 余年，直至 1911 年灭亡。

四、东西商路

在 19 世纪，今日哈尔滨所在的松花江右岸土地隶属于吉林省阿什河县，而松花江左岸，今日被称为肇东的地区是蒙古郭尔罗斯前旗的辖地。没有确切的记载表明，人们何时在这里繁衍生息，但我们百分之百确信，这里是往来东西商路的重要节点。最初这里被称为“哈拉滨”，这一词语源于蒙古语，意为“河岸边的渡口”，而汉族通常称之为“哈尔滨”。俄罗斯人更习惯使用“哈尔滨”这一称谓。由于在俄语中没有“h”这一字母，所以他们使用发音相近的“X”来代替，所以在俄语中哈尔滨被写作“Харбин”。

这条商路十分重要，往来其上的商贾车马络绎不绝。在这里发现的许多不同时代、不同地域的货币表明，这条商路早在千年前就已被开辟，其中甚至包括罗马皇帝哈德良时期的钱币。在新城区边境上的河谷和河床中经常可以发现这些古老钱币的踪影，而且在这里还可以看到一些年代久远的房屋设施，例如为商旅提供的客栈等。这些来自西方的商人大多前往朝鲜半岛和太平洋沿岸城市。这里或许有城市存在过,但时至今日却不见任何遗迹,有可能是此处的房屋大多用黏土砌筑，不耐岁月和风霜侵蚀，早已崩塌消失。

五、“乌苏里号”

俄罗斯人觊觎中国东北已非一日，并且为了吞并这片土地，可以说无所不用其极，通过外交和扩大贸易等种种手段，为日后占领东北的行动计划收集各种情报。其中一种方式便是驾驶轮船“乌苏里号”沿河流深入满洲腹地。1864 年,阿穆尔州总督将军科尔萨克维派出特使，以向中国吉林将军送贺信为由，将“乌苏里号”开赴松花江上游。随船来此的不仅有伪装成文官的军队测绘人员，还有同样经过伪装的 25 名护卫士兵和隐藏起来的武器。“乌苏里号”功率可达 88 千瓦,是松花江上的第一艘轮船。遗憾的是,所有的相关资料和记载都在伊尔库茨克的大火中付之一炬。

六、中东铁路

在清王朝统治的最后几年中,中国一再遭受重创。而此时的俄国正处于急速扩张的过程中，沙皇将俄国的西部边境推进至巴尔干半岛，并企图如法炮制，在不发动战争的前提下，一举吞并蒙古与满洲。维特部长计划修建中东铁路，试图通过这种方式实现“和平”征服。

在沙俄许诺给予300万金卢布的条件下，清廷被迫签下条约，将修建中东铁路的权力拱手让与沙俄，沙俄在这份条约上占尽了便宜。

七、哈尔滨建城

以下内容摘录自一个先遣队成员的叙述，正是他所在的这支队伍建立了哈尔滨。

需要注意的是，中东铁路的规划者原本设计了南北两条线路。其中南线自满洲里始，经海拉尔、伯都讷、宁古塔至哥萨克聚落勃乌塔夫基和乌苏里斯克（双城子）。

北线自海拉尔始，经海拉尔河谷、齐齐哈尔、呼兰城、阿什河、埃赫要塞（位于牡丹江畔）、格罗捷科沃至符拉迪沃斯托克（海参崴）附近的乌苏里斯克（双城子）。

1897年初，先遣队自符拉迪沃斯托克（海参崴）出发，至1898年1月，他们完成北线线路附近地形勘探工作，但由于未能进入南线所在的牡丹江和松花江流域，未能对南线地区进行勘测。鉴于此，当局成立另一独立的委员会，负责尽快查清南线线路状况。

不久之后，委员会经过实地考察确认，南线地区修建难度过大，在某些山区根本无法建造铁路。因此沙俄当局决定按北线线路修筑铁路，并同时在松花江右岸与阿什河左岸间的三角洲地带成立行政中心，将其称为“松花江城”。

与此同时，符拉迪沃斯托克（海参崴）也设置了中东铁路建设局。1898年春季，乌苏里江、黑龙江、松花江通航之后，整个建设局通过水路来到了自己新的驻地。为了建设局人员在到达之后不至于无容身之所，先遣队先行出发，前往目的地为建设局寻找和准备办公驻地。先遣队由工程师亚当·希特洛夫斯基带领，同时协助他的有技术专家维索茨基、莱温斯基、波普、两名军官、军医、20名工人，以及气象学家，由帕维尔斯基首领指挥的库班哥萨克骑兵队担任护卫。

1898年3月8日，先遣队从符拉迪沃斯托克（海参崴）出发，经过乌苏里斯克（双城子）时购买了马匹和运输车辆，并在铁路车间里将总值10万卢布的白银压制成便于支付的小块，每一块的重量约与一个银圆（中国的货币单位，一个银圆约为37.8克）相当。整个车队由30辆车组成。

从乌苏里斯克（双城子）出发，经哥萨克营地勃乌塔夫基、中国边境城市三岔口（今黑龙江省东宁市译者注）至宁古塔，260多千米的路程需要六天之久，因为在没有道路的山丘上行进十分困难。为了便于夜间安置营地，队伍分成了两部分，自宁古塔出发向西的队伍辎重较多。立春回暖，积雪融化，山区河流附近的道路也随之改变，每天也只能行进11到16千米。

在4月的第一天，远征队向距吉林约21千米的乌拉街附近的松花江河谷进发，之后经过秀水镇、拉林镇的道路还是相对平坦的。4月10日晚，远征队到达阿城，他们得知在一家中国酒厂田家烧锅附近的旅馆里有若干俄罗斯人。田家烧锅这一带现在被称为香坊，位于哈尔滨老城区。原来这些俄罗斯人正是齐齐哈尔的专家派来的，这些专家根据希特洛夫斯基的命令留守齐齐哈尔，并要求这些俄罗斯人必须在春季抵达松花江并在此等候。

通过这种方式，在1898年4月11日，由希特洛夫斯基带领的先遣队在今日的哈尔滨地区建立了第一个由欧洲人创建的据点，这一位于老哈尔滨，今日被称为香坊的田家烧锅附近的据点，不过是一座小小的客栈，这座客栈时至今日依然存在。

先遣队的任务是为中东铁路建设局寻找适当的办公地点，希特洛夫斯基将希望寄于当地的中国富农身上，希望可以购买他们的房屋作为住所和办公用地。4月12日，工程师与几个先遣队队员一道，骑马前往松花江岸边。

当一行人来到今日哈尔滨新城军官街所在地时，展现在他们眼前的是一片广袤的土地。在今日的港口地区是水雾弥漫的沼泽，能看到的只有两三座中国农舍，现在的“松花江制粉厂”就坐落在这片汪洋沼泽中一座如同小岛的山丘上。另一个村落位于现在被称为傅家甸的地区。远处还有一座江心岛隐匿在荒草中，明显无法居住。由于河水泛滥，无法到达河边，一行人沿着今日公墓所在地的方向前进，在一座山丘上发现了一座约百人的清军大营。

希特洛夫斯基考察了松花江的沿岸地区，但并没有找到适合设置中东铁路建设局的地方。时间很快过去，大批工程师和官员已经乘船从哈巴罗夫斯克（伯力）出发，不久即将抵达。返回先遣队驻地后，一个中国人向希特洛夫斯基建议，可以将因劫匪抢劫而倒闭的田家烧锅酒坊作为建设局办公用地。酒坊由30座房屋组成,其中有一些为砖房,而另外一些已经破旧不堪,但经过修缮还可以使用。虽然现在这片被称为“香坊”的区域距离松花江约8千米,但除此之外别无选择。

希特洛夫斯基从阿什河找来酒坊主人,在一番讨价还价后用12 000银圆买下了整个酒坊,按照现在的汇率换算,约为18 240日元。

大量工程开始修建。除了俄罗斯工人还有大批中国工人从阿勒楚克(译注:今哈尔滨市阿城区)赶来,开始修建中东铁路建设局驻地。载着建设局工程师和官员的“圣诺森号”与“奥德赛号”轮船分别于5月13日、5月16日到达这里,他们的到达标志着哈尔滨城的正式建立。

卡齐米日·格罗霍夫斯基

哈尔滨波兰天主教会

一、引言

波兰人并不是第一批到达中国东北的天主教徒，天主教在这片土地上有着久远的历史。根据记载，在 270 年前，大约 1650 年，传教士便在北京建立了主教区。虽然在 1813 年嘉庆帝实行宗教迫害政策，中国的传教士数量锐减，但由于天主教已经在中国有一定基础，不久之后便开始重新壮大。1838 年罗马教廷决定在关外建立满洲教区，这一被称为“长城外的教区”包括吉林、盛京和齐齐哈尔。由于教区面积过大，1898 年教廷将满洲教区分为南满教区和北满教区，南满教区主教府设于沈阳，北满教区主教府设于吉林，统辖吉林和齐齐哈尔。

波兰天主教会于1897年在哈尔滨成立——准确来说是在满洲成立,因为那时哈尔滨尚未建成。同年由沙俄政府派遣,负责检验设计中东铁路的专家组也抵达哈尔滨。这一时期之所以有大批波兰人来到远东,是因为天主教徒在波兰受到沙俄当局的迫害而不得不远走他乡。他们本希望在异国他乡远离暴君统治,自由生活,却在无意中成为中东铁路建造的见证者。

在第一年的勘测工作中,我们遇到了许多工程师、技术专家和铁路工人,而且移民的数量还在不断增加。波兰人也积极参与到了哈尔滨的建设过程中,渐渐地,他们分布到西至外贝加尔山脉、东达俄罗斯滨海边疆区、南至辽东半岛旅顺口的广袤土地上,但在这些地区并没有波兰神职人员。对于波兰人来说,宗教是他们生活中不可分割的一部分,所以在一些重要场合或者生命中的重要时刻,相应的宗教仪式则不得不请求已在此布道多年的法国牧师来完成。曾经有过这么一个有趣的故事:一位波兰工程师在举行婚礼时邀请了法国牧师,但波兰人除母语外只会说俄语和德语,而牧师只懂法语和汉语。所以这时一位既懂俄语又会法语的中国人成了这场婚礼中最重要的人物,在他的帮助下,这场婚礼才得以顺利举行。

自1901年,沙俄政府在铁路沿线地区成立独立的军队——“边境护卫队”以来,波兰移民在此地的数量不断增加,其中便包括许多波兰军官。对他们来说,在远东的生活状况远好于在祖国的境遇。

1901年,波兰移民得到消息,即将在波兰的侨居地建造天主教堂。为此,当地成立了专门的“教堂建设委员会”,也就是现在的

“教会理事会”的前身,“教堂建设委员会”可以被看作中国最早的波兰团体组织。

1863 年华沙起义失败后,沙俄在其统治下的波兰、立陶宛、白俄罗斯境内,大量征召士兵,并将他们派往俄国在亚洲的属地,其中最远到达中亚、西伯利亚、满洲。几乎整个军团都由波兰人组成。征召一直持续至 1914 年一战爆发之前,这些部队中最著名的便是“西伯利亚火枪队”,当沙俄向全世界炫耀自己的力量时,正是这支几乎全部由波兰人组成的部队在前线冲锋陷阵。

二、第一座教堂

“边境护卫队”完全由征召而来的士兵组成,在其成立第一年便被派遣至位于哈尔滨的驻地。这些来自波兰、白俄罗斯的工农大众的子弟们,面临的首要任务之一便是为教会服务。军事工程管理局向他们下达了命令——为教堂建造一座房屋。这座房屋位于哈尔滨市中心 2 千米外的部队驻地，这就是哈尔滨最早的波兰天主教堂。1901 年,随军牧师斯皮加诺维奇神父在这里主持了弥撒礼。

三、第一次舞会

由于教堂离中东铁路建设局办公地和哈尔滨其他商业区太过遥远，所以每当人们前往教堂参加活动时总是有诸多不便。鉴于此，有人提出在哈尔滨新市街建立一座教堂，并且通过慈善舞会的形式募集建设资金。

1901 年 12 月，第一次波兰舞会在哈尔滨举行。此次舞会的发起人有：索菲亚·威尔士女士、埃根纽什·蒂诺夫斯基先生、扬·奥布沃米耶夫斯基先生、兰伯特洛维奇工程师（现居华沙），以及斯坦尼斯瓦夫·普利索夫斯基工程师（不幸死于 1904 年旅顺口爆炸案，并葬于该地）。主持此次舞会的是索菲亚·威尔士女士，并且有幸邀请到了瓦霍夫斯卡女士、普舍瓦尔斯卡女士、维波罗瓦女士、蒂诺夫斯卡女士、科米特娃女士和齐伦多尔特瓦女士，除此之外还有齐尔科娃公主、雨果维奇女士和伊格纳奇女士。拉佐夫斯基先生由于罹患痘疹，未能出席，但派人带来捐款以表心意。

舞会在新市街的哈马尔特里俱乐部举行，俱乐部在举办过舞会后不久便被烧毁。舞会成功举办，并募集到了 3 000 卢布，在当时看来，这也是一笔巨款。除此之外，什洛马·西德尔斯基先生与中东铁路建设局工程师雨果维奇先生捐献了许多材料。

所有的款项和物资全部交由教堂建设委员会管理，并作为在新市街建立教堂的专项资金。此后，波兰舞会成为一项传统并且每年都会举行。舞会通常在“商务俱乐部”进行，其中有两次是在“铁路俱乐部”。在波兰家园协会成立并且普拉夫棱斯基拥有自己的办公地后，舞会便只在这里举行了。

第二年，斯皮加诺维奇神父向建设局请求划出一片离市中心较近的土地，用以建设天主教堂。

四、教堂建设之初

1903 年，罗马天主教慈善协会成立组织委员会，主要负责管理本地波兰天主教徒的相关事务。委员会由八个人组成，其中华俄道胜银行主管斯坦尼斯瓦夫·加布里尔任财务主管，瓦茨瓦夫·拉佐夫斯基任委员会书记，其他成员有：弗瓦迪斯瓦夫·兰伯特洛维奇工程师、安杰伊·扎兰博上校、埃根纽什·蒂诺夫斯基、莱谢克·库尔琴、格热高什·茹科夫斯基。委员会第一次会议于 1903 年 3 月 1 日召开。

人们在会议上公布了教堂建设资金收入报告，截止到 1903 年 2 月 1 日，共计 3 641 卢布；并同时请求铁路建设局总工程师亚历山大·尤戈维奇寻找一座约 40 平方英尺的房屋，以便于管理和安置来自符拉迪沃斯托克（海参崴）教区的临时礼拜堂；此外还决定接受 1898 年 2 月 27 日在伊尔库茨克通过的类似提案，以便作为哈尔滨天主教慈善协会章程的模板。

自那时起，委员会便开始了繁杂而艰苦的工作，并且终于在 1904 年 5 月 30 号迎来了历史性的一刻。建设局派遣技术专家泰奥菲尔·亚罗夫斯基和扎兰博上校为教堂丈量出一片建设用地，这片土地位于大直街附近，后来的齐齐哈尔街和奉天街之间（现南岗区龙江街和鞍山街之间——译者注)。

测量当日，受到邀请的还有教堂建设委员会的维克多·罗曼先生。在哈尔滨的波兰人中，罗曼先生最具有活力，也最具实干精神，罗曼先生虔诚地信仰上帝，将自己的一切奉献给组织，是哈尔滨波兰侨居地中举足轻重的人物。他的奉献精神受到当地波兰人的崇敬。他还是波兰家园协会的第一任主席。

之所以选择在大直街附近建造教堂，是考虑到了这片区域虽然现在远离市中心，但在哈尔滨未来的发展中具有巨大潜力。如同女皇叶卡捷琳娜二世一样，她当年将所有的东正教堂建在远离当时的圣彼得堡市中心的地方，成功地避开了其他天主教、新教教堂的势力范围。这也是哈尔滨的波兰天主教堂选址此地的原因，同时后来这一决定也被证明是明智的。教堂的建设并未损毁附近的俄军墓地，这一墓地中埋葬着在1900年7月死于义和团运动中的俄军士兵。大量的植物和绿地将这片土地装饰得更加美丽。

1904年8月10日，委员会将工程师伊格纳奇·奇托维奇列为新成员。在1905年3月15日，由于兰伯特洛维奇、茹科夫斯基和库尔琴先生离开委员会，卡罗尔·韦伯、工程师维克多·奥斯托若夫斯基与马尔钦·亚当莫维奇加入委员会。

五、引入波兰语

1905年3月19日颁布的四号决议非常具有典型意义：由于哈尔滨现状不明，未来情况不甚明朗，现决定暂不开工建设教堂。这一决议使人们更加确信，在日俄战争失败后，俄国必将退出满洲。

由于对日战争失败和国内革命爆发，对于即使远在哈尔滨的波兰侨居地也是十分有利的。尽管时至今日，委员会的议案仍由俄语书写。而1905年3月19日颁布的决议则是野蛮的沙俄专制体制的又一明证。

于1906年3月14日通过的议案则是第一份由波兰语书写的议案。签署这份议案的有：瓦霍夫斯基、维克多·罗曼、卡罗尔·韦伯、安杰伊·扎兰博上校、普舍乌斯基神父、斯坦尼斯瓦夫·加布里尔、维克多·拉佐夫斯基。与此同时，教堂的建设资金已募集了近

9 899 卢布 85 戈比，因此委员会决定开始建设教堂，并同时建立第一所拥有独立图书馆的波兰学校。

1906 年 5 月 1 日，哥特式教堂的建设规划被予以批准，这一设计是由工程师米尼古拉·卡兹-基列依无偿提供的。总体费用估计需要 33 000 卢布。由于克莱蒙斯·科密特与斯坦尼斯瓦夫·克里莫维奇的加入，委员会的规模进一步扩大了。

1906 年 5 月 24 日，人们一致决定将教堂命名为圣斯坦尼斯拉夫斯基。同时，斯坦尼斯拉夫·卢若加入委员会。

六、教堂奠基仪式

1906 年 10 月 7 日，这个周日的正午 12 点举行的教堂封圣仪式是众多侨居地波兰人期待已久的一刻。在仪式上，我们荣幸地邀请到了中东铁路建设局主管霍尔瓦特中将及其夫人，以及来自整个侨居地的尊贵客人。仪式开始后，首先在位于花园街的临时礼拜堂进行了弥撒仪式，随后随军牧师多米尼克·普舍乌斯基神父在三名法国传教士的帮助下完成了封圣仪式。根据当时关于仪式的记载，我们获知当时的委员会由两部分组成——由卡罗尔·韦伯负责的教堂建设委员会和维克多·罗曼任主席的教堂监察委员会。

有准确的历史年表记载，教堂建设的第一批工程——外地基沟于 1906 年 9 月 1 日开始。地基夯筑工作在 1906 年 9 月 8 日开始进行。

1906 年 11 月 24 日，铁路工人乔治·德克斯尼斯、莫罗斯·诺维克以及格隆布柴夫斯基中将加入委员会。我们没能确认这位格隆布柴夫斯基中将是否就是著名的旅行家布罗尼斯瓦夫·格隆布柴夫斯基中将。他就是后来的阿斯特拉罕哥萨克首领，曾经出版过许多书籍，1926 年在华沙逝世。

根据高级牧师德聂塞维奇的调查数据显示，哈尔滨及其周边地区共有天主教徒 4 000 多人(除去中国信徒)。

1907 年 2 月 20 日，在由文学戏剧团体“波兰章节”在商务酒吧举行的教堂建设募集活动上，人们募集了 4 137 卢布 23 戈比。

1907 年 7 月，肩负教会使命的安东尼·马楚克神父抵达哈尔滨。斯坦尼斯瓦夫·尼尔海姆加入委员会。教堂墙体建设工作于 1907 年 9 月 27 日完成。

自 1907 年 12 月始，由格拉波维奇以及吉尔沃维奇设立的修正委员会开始运作。同月，教堂建设委员会在外阿穆尔区边境护卫军司令奇察果夫的大力帮助下，获得了 1 000 卢布的捐赠和 3 000 卢布的无息贷款。

七、至圣救主会的使命

1908 年 8 月，哈尔滨的第一所波兰学校建立。

1908 年 8 月，至圣救主会在哈尔滨教区布道。共有三位修道士——勃波谢夫斯基、努尔科夫斯基和勃瓦夫凯维奇到达哈尔滨，之后前往符拉迪沃斯托克(海参崴)。

为纪念此次布道，人们在哈尔滨教堂的院中树立起一座十字架，今天仍能看到。十字架被漆成黑色，并在其上悬挂了一块铜牌，上面记载了参加此次宣教的人员。

八、教堂封圣仪式

在1909年的夏天，人们终于得偿夙愿。正在进行巡视旅行的切普拉克大主教也在这时来到哈尔滨。大主教的巡视任务十分艰巨，他在几名神职人员的陪同下从圣彼得堡出发，经过伊尔库茨克、哈尔滨和符拉迪沃斯托克(海参崴)，最终到达萨哈林岛(库页岛)的亚历山德罗夫斯克，在返程途中还要经过尼古拉耶夫斯克、阿穆尔河(黑龙江)、石勒喀河后到达斯里腾斯克。随行人员中的齐格蒙特·罗辛斯基现任明斯克和诺沃格鲁德教区主教。

1909年8月1日，封圣仪式的完成象征着这座教堂成为远东土地上波兰天主教和欧洲文化的丰碑。

1909年7月，交接仪式举行，建设委员会正式将教堂交由教堂管理局管理。当天出席仪式的有：建设委员会方面——副主席卡罗尔·韦伯、拉佐夫斯基、科密塔、马楚克神父和德克斯尼斯；教堂管理局方面——主席普利索夫斯基、马楚克神父、科密塔、莱托夫特、德克斯尼斯、康士坦丁·马茨凯维奇、谢德莱茨基和加特里克。

1909年12月，圣诞节前，现任维亚特卡教区主教弗瓦迪斯瓦夫·奥斯特洛夫斯基神父抵达哈尔滨。

切普拉克大主教：在1909年8月1日为哈尔滨教区天主教堂举行了封圣仪式，大主教于1926年2月17日逝世于美国帕塞伊，享年65岁

九、教堂建设费用

教堂建设费用的结算花了很长时间。直到 1910 年 12 月 11 日，建设委员会才向复核委员会提交了一份费用结算报告，报告中陈述了自 1906 年 8 月 18 日开工直至 1910 年完工期间教堂建设所花费的资金。

1903 年至 1910 年期间，包括材料及人工在内，总体收入共计 41 943 卢布 87 戈比。

由于受文章篇幅所限，我们无法在这里详细罗列出每个人为建设这座教堂所做出的奉献和牺牲。但无论是富商显贵，抑或是普通百姓，每一个为建设这座神圣之所而做出贡献的人，都值得我们致以最崇高的敬意，他们每一个人都将被铭记在哈尔滨的波兰人和天主教徒的心中。

我们注意到，军事工程管理局为教堂提供的部分建筑材料是从老教堂上拆下来的。虽然这只是一件微不足道的小事，却显示出军事工程管理局主管对天主教的尊重与宽容。从教堂上拆下来的材料没有被用作建造兵营和仓库，而是重新被用来建造新的宗教场所。

在 1910 年 8 月 15 日教堂建设工程完工后，总体开支达 44 172 卢布 96 戈比，以及一些待偿清的借款。

教堂主体占地面积达 50 平方英尺，内高 4.15 英尺。教堂其他部分占地 75 平方英尺。钟楼高 6 英尺。整体建筑面积 180 平方英尺，平均每平方英尺造价为 245 卢布。

十、圣文森特·保禄协会

1909年12月27日，在奥斯特洛夫斯基神父的倡议和多方斡旋下，圣文森特·保禄协会成立。协会主要开展人道主义教育和科学文化方面的活动。文章篇幅所限，无法在此详述该协会的具体活动。所有对文化教育感兴趣的波兰青年，都对该协会的高尚工作有所耳闻。在这里需要提到的是，扬·苏辛斯基先生是该协会中最为尊贵、最为热心的一员。

十一、哈尔滨鼠疫爆发

1910年到1911年的冬天，哈尔滨甚至整个东北都被鼠疫的阴霾所笼罩。鼠疫病毒原本的载体是旱獭，外贝加尔省的猎人在猎获这种小动物时感染了病毒，并将瘟疫带到了哈尔滨。

鼠疫最先在中国人中流行开来，仅在哈尔滨一地死亡人数便达3万人。感染鼠疫的波兰人和其他欧洲人并不多。七名波兰同胞不幸亡故，多名俄国医护人员殉职。法国细菌学家梅斯尼为彻底研究这一疾病，在鼠疫爆发的第一时间从巴黎赶赴哈尔滨，却不幸感染病毒，病发逝世。居住于此地的法国传教士们也付出了巨大的牺牲，傅家甸伯乐斯神父，呼兰城德尔帕、米蒂罗德神父在教区照顾中国病患时，感染鼠疫，最终和所有病患一同不幸身亡。中国信徒也对他们给予了莫大的帮助。为了纪念在此次瘟疫中死难的人们，教会在教堂右侧树立了圣乔治祭坛，以祈求主的怜悯并希望驱除瘟疫。

十二、圣文森特·保禄小学

在热心教友的帮助下，教堂的内部装饰和收尾工作进行得十分顺利。新教堂内设置了三座哥特式祭坛和忏悔室。在主祭坛上安放的是耶稣神像，两侧的祭坛上则安放圣母马利亚和圣约瑟，以及圣安东尼和圣拉斯洛一世的圣像。

1912 年 7 月，教会助理牧师亚历山大·埃塞门特神父来到哈尔滨。埃塞门特神父之前在明斯克教区的莫奇什教堂工作，但因为其激进的传教活动，而受到当局的迫害。

现在身处哈尔滨的弗瓦迪斯瓦夫·梅什文斯基，是奥斯特洛夫斯基神父的助手，曾经是萨哈林岛（库页岛）亚历山德罗夫斯克教区的神父。

1912 年 9 月，在圣文森特·保禄协会的支持下，建立了小学。除此之外，教会理事会决定在教堂的土地上建造天主教徒墓地。

十三、对波兰天主教徒的压迫

1913 年发生在哈尔滨波兰天主教徒身上的一切，值得我们所有人铭记。沙俄政府发布命令，要求所有在东北的天主教徒军官必须改信东正教，如果拒不执行，将会被逐出军队。命令虽然被强制执行，但我们也可以想到，有谁会为了这份职业而放弃自己的信仰？我们所知道的，也就只有那么一个只知其姓氏的精神错乱的军官，并且在几年之后便死于精神病院。他声称自己已经通过书信告知了伊尔库茨克的路德宗牧师，决定皈依路德宗。其他军官宁愿请辞，也决不愿背叛自己的信仰。他们中有的人年事已高，几乎一生都在军营中度过，从未有过不法行为。

这是残暴而专制的沙皇政府第一次，也是最后一次发布这样的命令。没有人能够想象，能够预料，仅仅在四年之后，这个建立在暴力与专制之上的体制竟会如同脆弱的泡沫一般被摧毁。而那些颁布野蛮法律的刽子手，也同样被送上了绞刑架，或者经受着生不如死的痛苦。

十四、建设学校教学楼

在 1913 年，教会为帮助无家可归之人和年老无依之人，建立了救济院。

1914 年 3 月 8 日，由奥斯特洛夫斯基神父等人组建的教区理事会批准圣文森特·保禄协会在教堂土地上建设独立的学校教学楼。

同年秋季，一战爆发，人们决定募集捐款，帮助遭受战火荼毒的同胞。募集的款项交给战时救助协会。1915 年 11 月 8 日，人们在教堂举行了庄严的礼拜仪式，祈求主保佑波兰，保佑波兰人民。

1915 年，大批波兰难民前往西伯利亚甚至远东寻求庇护。与此同时，教堂为贫困儿童建立了救助所，在这里收容了 25 到 30 名孤儿，以及贫困的流浪者。起初，这座救助所位于郊区的马家沟，但几经变迁，现在——也就是 1927 年，这里成为由圣文森特·保禄协会管理的寄宿公寓。

关于这座公寓的历史将会在其他文章中介绍。

由圣文森特·保禄协会支持建立的学校正常办学。在1915—1916学年共有五个年级，其中两个高年级独立出来成立了波兰显克微支中学并办学至今，其他三个低年级成为独立的普通学校。

1917年秋季，教学楼完工后，小学和中学全部迁入新楼。如果不是大批的学生返回波兰，本应该在1923年5月末举行中学第一次毕业考试。由于许多波兰人被遣返回国，在1922—1923学年，整个中学只有六个班，直到1925年才举行了第一次毕业考试。

1920年，教堂边的坟墓上建起了一座哥特式的小礼拜堂，这座坟墓中埋葬的是阿什河工厂主管马林·基瓦尔托夫斯基先生的夫人及其六岁的女儿。

十五、波兰共和国高级委员到访

波兰共和国高级委员约瑟夫·塔尔果夫斯基先生的到访，是1920年中最值得整个哈尔滨教区纪念的历史性事件。祖国在一年半之前获得独立，这对我们来说简直如同梦中的神话一般，是我们从不敢奢望的事情，而现在奇迹竟然出现了！祖国向远东地区派出的代表不仅仅是自己在该地区利益的代言人，同时也为我们这些远在异国他乡的游子带来祖国独立的消息，我们父辈与祖辈的梦想终于实现了。整个哈尔滨教区以高涨的热情欢迎高级委员，委员不仅与热情的群众见面，同时进行了许多视察工作，了解这里的科学文化工作，并且转达了来自祖国的问候和祝福。委员先生是一位优秀的波兰公民、高尚的爱国主义者、虔诚的天主教徒，同时也是一位积极的社会实践家，给每一个认识他的人留下了深刻而美好的印象。

十六、教廷代表团到访

1921 年 5 月 27 日，教会理事会收到一封来自香港的电报，电报是刚刚从欧洲返回的奥斯特洛夫斯基主教发出的。主教在电报中说道：以光若翰大主教为首的教廷代表团将于近期抵达哈尔滨，巡视中国以及西伯利亚的波兰天主教区。当人们得知这一消息时，所有人都确信，这次巡视对于所有在远东和西伯利亚的天主教徒与波兰人都具有重大意义。

日本杂志《远东之声》分别在 1921 年 9 月 15 日与 10 月 15 日的两期刊物上，报道了此次教廷代表团的哈尔滨之行。以下内容节选自该杂志：

1921 年 6 月 14 日，受教皇本笃十五世派遣，由大主教光若翰带领的教廷代表团抵达哈尔滨，对北满及西伯利亚的天主教区进行巡视。教廷进行此番巡视，不仅是因为在北满、西伯利亚和中亚地区，波兰教徒占所有天主教徒总数的百分之九十以上，也是因为教廷对哈尔滨的天主教发展十分感兴趣。当天，火车站站台上聚集了众多手持横幅，前来欢迎的波兰民众、波兰和法国的神职人员，以及波兰地方议会的官员。地方议会的官员驾马车前来迎接代表团，教区中年龄较长的老人们向代表团献上面包和盐，并致以祝福。孩子们向主教一行人的脚下撒下鲜花。原定的自车站至教堂的迎接仪式因为当天大雨如注而未能进行。

在教堂中举行的欢迎仪式更为隆重,也更有特点。正门和整座教堂都用带有波兰国徽,以及波兰、法国和教廷代表性颜色的彩旗装饰,在主祭坛附近安置了带有徽章的宝座。在大主教的致辞中,他表示来到这里后的所见所闻都使他感到非常高兴,这些都证明了侨居地人民的热忱,以及他们对民族和宗教事务的高度关注。

第二天,大主教来到了显克微支中学和圣文森特小学,受到了以亚尼舍夫斯基校长等全校师生的热烈欢迎。大主教表示了对全校教师及工作人员的肯定,并且希望波兰人民和法国人民的合作能够为两个民族带来更为丰硕的成果。古老的法国谚语——“上帝借法国人之手显其神迹”——现在应该变为“上帝借法国人和波兰人之手显其神迹”。

在这之后,光若翰大主教前往符拉迪沃斯托克(海参崴),并于6月24日返回哈尔滨。由于返回当天恰好是大主教的命名日,教区理事会向大主教送上祝福,教区中年龄最长的老者艾美力克先生向大主教致以敬意。少年唱诗班用波兰语和拉丁语演唱了圣歌。

大主教为哈尔滨的波兰人带来了令人惊喜的消息,他宣布:鉴于远东地区的波兰人民在文化建设和宗教传播方面做出的卓越贡献,教廷决定在符拉迪沃斯托克(海参崴)建立波兰天主教主教区,并且提名波兰人作为主教。

除此之外,主教区还将大量波兰人聚居的滨海边疆区的教会、波兰教堂,以及学校置于其管辖之下。这些地方包括:乌苏里斯克(双城子)、斯帕斯克附近的奥尔加湾和安德烈诺夫卡。在符拉迪沃斯托克(海参崴)将成立神学院,以培养波兰青年,弗瓦迪斯瓦夫·梅什文斯基神父任传道师。

这一激动人心的消息令所有人惊喜不已，心情久久难以平静。

1921年6月30日，侨居地为大主教举行了纪念午宴。原本计划成立专门的委员会负责此次午宴的筹备工作，但大多数与此相关的人认为，纪念这样一位对波兰民族文化存续和发展至关重要的伟大人物的活动，不应该由寥寥数人草草准备，应该让全体波兰天主教徒显示出其诚意和情感。

显克微支中学的大宴会厅无法容纳所有愿意参加的人员。许多人回复得太晚，最终没能找到足够宽敞的场所。活动当天，我们非常荣幸地邀请到了一些尊贵的客人：波兰领事米哈乌·摩尔古莱茨先生及其夫人，副领事康斯坦丁·西蒙诺来维奇先生及其夫人，领事馆书记斯塔尼斯瓦夫·卢卡舍维奇和所有领事馆工作人员，中东铁路建设局副主管斯特凡·奥芬博格，法国领事埃皮谢尔及其夫人，亚法纳谢夫将军及其夫人，以及法国和波兰两国的神职人员。

在大艺术家普果夫斯基的设计和指导下，大家使用各色鲜花与波兰、教廷和法国的旗帜将整个宴会厅装饰一新。在午宴上，艾美力克先生首先发表致辞，追昔抚今，回顾了波、法两国在博罗季诺和莱比锡战场上结下的深情厚谊，同样也感谢了教廷代表站在波兰与法国民族的立场，为扩大波兰天主教影响做出的努力。

塔德乌什·舒凯维奇先生代表显克微支中学理事会及圣文森特小学发表致辞，在简洁有力的演说中，强调了在国外天主教学校中教育波兰青年的重要意义。

最后由卡齐米日·茹拉夫斯基-扎尔斯基先生代表哈尔滨波

兰社区协会做报告，报告用拉丁语陈述，介绍了西伯利亚的波兰人从最久远的时代至今日的历史，高度赞扬了波兰民族在远东地区为传播西方文化做出的贡献，并且请求罗马教廷将西伯利亚和远东地区天主教的最高宗教领导权授予华沙或者格涅兹诺主教。

对每一次致辞和演讲,代表都立即给予回应,对波兰天主教事务表示出极大的热忱。受文章篇幅所限,非常遗憾,无法在此详述代表那文辞雅致、充满智慧的演讲的具体内容。

在向波兰、法国和教皇致敬的祝酒后,代表和其他神职人员都回去休息了，而与会大众却久久不愿散去，直至天明。这场盛宴，注定会成为一扇大门，一扇通往波兰文化在远东蓬勃发展的新纪元的大门。

代表在午宴上发表的演讲引起了强烈的反响,不久之后便收到了众多波兰语、法语和拉丁语的信件。这些信件都是来自波兰教区的波兰民众和青年学生的，数量达几百封之多。这些精心装饰的信件内包含的是众多被流放至远东和西伯利亚的波兰人颠沛流离的一生。代表表示自己在梵蒂冈陈述巡视报告时，也一定会让教廷了解这些信件的内容。在代表的演讲中已经介绍了在哈尔滨教区，以及其他几个聚落中天主教徒人数约为 5 000 人，其中 95%以上为波兰人。

我们无法在这里引述交给代表的信件的全部内容,只能引用一位虔诚的波兰天主教徒的信件,他在信中写道:

尊敬的代表阁下！

1921 年 6 月 14 日,我们非常荣幸能够迎接阁下——来自教廷的使者，与您握手的那一刻是我人生中最为光明的一瞬。所有人欢欣鼓舞，毫无疑问这是他们心中祈盼已久的一刻。我们也相信，您一定通过您的观察了解了波兰在远东历史上扮演的独特角色。波兰民族通过四个世纪的时间接受了耶稣基督的教化和西方文明，摆脱蒙昧和无知的状态，并且成为启蒙东方的先驱。在 17 世纪，霍德凯维奇和索别斯基在战场上取得的胜利给强大的奥斯曼帝国以最后一击，并且保护欧洲免受穆斯林世界的侵扰。

18 世纪，波兰遭受强邻罪恶的铁蹄蹂躏，它们试图将波兰民族消灭于无形。我们的兄弟、我们的同盟为保护波兰的独立而战，不仅是以民族的名义，更是为了神的荣耀。被女皇叶卡捷琳娜二世流放至西伯利亚的战士的队伍在整个 19 世纪不断壮大。是他们，决不放弃波兰的理想与信念；是他们，面对沙俄政府的压迫与暴政，即使自己无法生存，也要为祖国寻找一线生机。

西伯利亚与远东几乎没有西方文明的踪影，完全无法找到波兰文化活动的痕迹。就是在这样荒凉的土地上，高耸的教堂经由他们的双手拔地而起，只有波兰的牧师在传说神之子的神迹，只有波兰人民的双唇轻声低吟，向上帝祷告。

当祖国的地平线上出现第一缕自由的曙光时，它的光芒也给予了远在西伯利亚和远东的同胞们无尽的希望，正是这光明使得西方文明的种子萌发出新的生命，并且结出硕果。

为了使这目的得以实现，我们郑重地向尊贵的阁下请求，请您公证地裁决，请您给予身处东北亚、西伯利亚、中亚、蒙古，以及“满洲”的波兰天主教徒和神职人员以神圣的法律庇护与自决之权力。

教廷代表在哈尔滨的其他时间里，参观了铁路车间，在那里受到了工人们的诚挚欢迎。代表决定在哈尔滨名为埠头区的商业区建造第二所教堂，以满足居住在这里的波兰人的宗教需求，并且计划未来在教堂旁边开设由波兰僧侣管理的小学和幼儿园。

7 月 14 日，教廷代表离开哈尔滨，前往外贝加尔省。

十七、波兰天主教议会

1921 年 11 月，经由奥斯特洛夫斯基神父的努力，人们在哈尔滨召开了波兰教区天主教议会。11 月 9 日，议会开幕当天出席会议的有：吉林教区主教加斯皮神父，波兰共和国领事米哈乌·摩尔古莱茨，法兰西共和国领事埃皮谢尔、副领事布隆达及其他与会人员。奥斯特洛夫斯基神父任议会主席，艾美力克任副主席。在唱完圣歌并完成祷告后，加斯皮神父用法语宣布大会开始。艾美力克做了关于社会工作的意义和成立理念的报告。奥斯特洛夫斯基在演讲中介绍了议会的历史和意义。之后议会分部门举行会议，整个会议持续了一周。

十八、引入拉丁语

1921 年，人们还进行了一项对教区十分重要的改革。前文中已经说过，根据教区章程，教区的官方语言直到日俄战争期间，都必须是俄语。在战争之后,人们开始使用波兰语,俄语仅在民法典中使用，而这也是和教区有官方联系的铁路建设局提出的要求。在 1921 年 12 月 23 日的上教区理事会会议上，菲利克斯·加多姆斯基先生提出申请：为了让基督教传遍世界，应该根据习惯相应地使用拉丁语,其次使用母语。最终这一申请获得通过并于 1926 年生效。

1922 年 1 月 30 日,人们举行了教皇本笃十五世的哀悼仪式。

十九、《波兰周刊》创刊

1922 年 3 月 17 日,教区图书馆开馆。图书馆的主要捐赠人为奥斯特洛夫斯基神父、爱斯蒙特神父,以及摩尔古莱茨领事。由于他们以及其他教友的捐助，图书馆现在共计有上千本波兰语及部分使用波兰语的书籍。其中包括宝贵的科学著作,可供青年学生借阅学习。

而非常遗憾的是,侨居地没有波兰语的杂志。在《观点》杂志的最后一位出版商——工程师多布罗沃尔斯基返回波兰一段时间后，由身处日本东京的审计委员会主席安娜·别尔凯维楚娃女士赞助出版了《远东之声》杂志,杂志有波兰语、英语和日语三种版本。这本月刊以及由摩尔古莱茨领事赞助的《商业信息公告》,都因无法支付高额的出版费用而不得不停刊。

1922 年 4 月 16 日,教区出版了名为《波兰周刊》的杂志,和之前的杂志一样，每月基本入不敷出，费用只能部分由波兰的捐款支付,而另一部分则由奥斯特洛夫斯基神父垫付。

至 1927 年 4 月 24 日，杂志已经出版了 262 期。起初试印了 500 份，到 1927 年逐渐增加到 1 400 份。

二十、埠头区第二座教堂建立

教廷代表光若翰大主教在到访哈尔滨期间，便提出有必要在哈尔滨的商业区——"埠头区"建立第二座教堂。感谢所有好心人的支持与帮助，首先要感谢的便是中东铁路建设局副局长斯特凡·奥芬博格给予的大力支持，他在商务街和炮队街拐角处为教堂提供了一片建设用地。1922 年 9 月 3 日，人们举行了教堂奠基仪式。仪式流程在《波兰周刊》第 24 期上有过报道。教堂以及未来建在其边上的学校，都是为了满足铁路车间的工人及其家属的需要，对于他们来说，前往新城区的教堂和学校参加活动，路程实在太过遥远。

二十一、新的宗教组织

1922 年 10 月 30 日，罗马教廷传信部部长王老松枢机主教向哈尔滨传达了教皇下达的命令：将符拉迪沃斯托克（海参崴）、伊尔库茨克、奥姆斯基、托姆斯基从莫吉廖夫主教区中分离出来，成立一个独立的主教区。这个新的教区包括整个西伯利亚、中亚以及"满洲"，面积是整个欧洲的数倍，并且将来随着天主教在当地的发展和信徒人数的增多，还会被分成几个独立的教区。

1922 年，教会理事会中除了神职人员，还有其他成员，他们分别是：

亨利克·巴尔、阿波隆·布鲁泽夫斯基、弗瓦迪斯瓦夫·奇托维茨基、文森特·德兰科夫斯基、菲利克斯·加多姆斯基、阿伯特·金蒂沃、卡齐米日·格罗霍夫斯基、泰奥菲·扬柴夫斯基、斯塔尼斯瓦夫·亚尼舍夫斯基、弗瓦迪斯瓦夫·杨凯维奇、斯坦尼斯瓦夫·雅沃尔斯基、亚当·约尔维奇、马里安·科祖博夫斯基、爱德华·莱维茨基、弗兰齐舍克·里夫查、康斯坦丁·马茨凯维奇、约瑟夫·梅尔、诺夫昆斯基博士、塔德乌什·潘尼奇、安东尼·皮卡尔斯基、弗瓦迪斯瓦夫·斯基布涅夫斯基、康斯坦丁·西蒙诺来维奇、沙弗兰斯基、斯特凡·图洛维奇、弗瓦迪斯瓦夫·泽兰奇尼亚克。

1922年，大批人员返回波兰，致使理事会失去了许多宝贵的人才。返回波兰的人中有：亨利克·巴尔、马里安·科祖博夫斯基、康斯坦丁·马茨凯维奇、诺夫昆斯基博士和斯特凡·图洛维奇。文森特·德兰科夫斯基返回俄罗斯。最后仅余18名成员。

二十二、第二位教廷代表到访以及符拉迪沃斯托克(海参崴)教区的献祭仪式

1923年中最为重要的事件便是教廷代表——尊贵的康斯坦丁主教阁下到访中国及西伯利亚，以及授予卡罗尔·西利沃夫斯基神父主教圣职的仪式。代表于1923年10月23日星期三抵达。到达当天，整个教区在车站举行了隆重的欢迎仪式，前来迎接的除了波兰和法国的神职人员，还有波兰领事宾道尔、副领事西蒙诺来维奇、法国领事埃皮谢尔、立陶宛代理领事波利沙蒂斯、中东

铁路局副主管斯特凡·奥芬博格、中国军队朱司令员(中东铁路护路军总司令朱庆澜——译者注)及其他人员。波兰先遣队高举旗帜与横幅欢迎代表。

在欢迎仪式后,显克微支中学学生哈琳娜·扎永奇科夫斯卡向代表阁下献上装有面包和盐的篮子，孩子们在代表前往车站接待处的沿途撒下鲜花。之后代表与随行人员在吉林教区主教加斯皮神父的陪同下乘汽车前往教堂。众人在齐齐哈尔街遇到了两名手持蜡烛与旗帜、正在游行的教堂牧师,代表便下车与游行队伍一同步行前往教堂。在教堂大门前,教会成员、波兰军队1863年的退伍老兵阿波隆·布鲁泽夫斯基以整个波兰教区的名义向代表阁下献上了装有面包和盐的银盘。之后,本堂神父根据圣餐礼仪举行了欢迎仪式,并在主祭坛前进行了祈祷。礼拜结束后,代表发表了生动而优雅的演讲,教堂内外聚集了众多虔诚的信众。代表在演讲中说道：波兰人民是虔诚的天主教徒，民众应该保持对祖国的敬爱，并且铭记波兰民族的荣光。代表一一列举了波兰民族的英雄和精英——索别斯基、密茨凯维支及显克微支等，将他们作为爱国主义的典范;同时也表示,他相信,即使

教廷代表策尔苏斯·康斯坦丁主教:坐在他右边的是卡罗尔·西利沃夫斯基主教,左边是弗瓦迪斯瓦夫·奥斯特洛夫斯基神父,站在其身后的分别是安东尼·莱什采维奇神父、亚历山大·爱斯蒙特神父，以及毛鲁斯·克鲁格（1927年9月25日于德国西里西亚逝世）。照片拍摄于1923年10月29日

在远离祖国的异国他乡，波兰人民依然能够保持对信仰和祖国的忠诚。

主教的演讲由本堂神父翻译成波兰语,深深地打动了在场的每一位与会人员的心。许多在场的民众在听闻这番闪耀着智慧光芒与饱含信念和情感的演讲后,激动不已。

10 月 26 日代表阁下参观了显克微支中学，以及圣文森特小学,并亲切慰问了所有班级。之后,所有学生聚集在中学礼堂,聆听代表阁下的演讲。代表在用拉丁语所做的演讲中,向两所学校的青年学生陈述了自己的观点,认为波兰青年应该站在全社会、祖国以及天主教信仰的立场上,承担起自身的责任。这样的理念值得所有学生铭记,并且成为他们毕生追求的目标。代表阁下还提到,他曾经在许多国家遇到过波兰人民,他们高尚的爱国主义情操和虔诚的宗教信仰给他留下了深刻的印象。在演讲结束后单独举行了祈福礼。

10 月 28 日星期日，枢机主教在吉林教区主教加斯皮神父和地方神职人员的协助下，完成了为卡罗尔·西利沃夫斯基神父授予符拉迪沃斯托克(海参崴)教区主教圣职的仪式。

10 月 29 日，由哈尔滨教会理事会举行了向教廷代表呈递欢迎信的仪式。这封双语信件被放置在银盘中,银盘上还刻有“尊贵的罗马天主教廷代表、枢机主教康斯坦丁阁下，远东地区波兰天主教区敬呈”的字样。信件的波兰文版全文如下：

尊贵的教廷代表、枢机主教康斯坦丁阁下！

您的到访实现了整个远东地区波兰天主教信众祈盼已久的梦想。我们这些虔诚的天父的子民,用双眼注视着您,用双耳聆听着您的教诲。是您的话语使我们的内心安宁;是您激发起我们对天主教教义无限的热爱与忠诚;是您亲切地了解我们的愿望、理想与需求。您深知我们为之而活、灵魂为之而喜悦的缘由。

您已经了解了远东的状况,我们人力薄弱,仅仅5000个虔诚的灵魂分布在中东铁路沿线。您也了解,在西伯利亚内战失败后,我们处在非常艰苦的环境中。但您不了解的是,在没有见到您、没有聆听过您的教诲前,我们的灵魂甚至都无法安宁。

如果天意允许,您继续向北行进还能看到更多我们的同胞,他们同我们一样,将自己视作罗马天主教会最忠诚的子民和圣彼得教宗最顺从的仆人。无论是在不见天日的萨哈林岛(库页岛),还是雪虐风饕、杳无人烟的西伯利亚荒原与乌拉尔山脉,抑或是足以流金铄石的中亚沙漠,都能够见到神的神圣居所。建起这些神殿的不是腰缠万贯的富豪,而是那些颠沛流离的被放逐者和以生命为赌注在矿井下工作的矿工。当他们的足迹踏上一处新的地域,便用自己的双手,一砖一瓦地垒起教堂,在这之后,才去工作,去谋生。几乎所有的地方都以教堂为中心,建立起教会图书馆、学校、福利院与形形色色的宗教、慈善、社会和科学组织,而这所有的一切,都是为了保持我们对天主教的虔诚信仰和对祖国的忠诚,这两种最为朴素的情感已经深深地融入了我们每一个人的血脉中。

如今承蒙天父垂怜,我们的祖国重获自由。我们也愿主原谅我们民族的敌人,收回施加在他们身上的惩罚。我们虔诚地祈求主，让他们也能沐浴在真正的基督教信仰的光辉中，将他们团结在耶稣基督和他在尘世间的继承者——圣彼得的脚下，使所有人都能够共生共荣。

我们再次谦卑地请求您了解我们神圣的导师和牧者——波兰天主教牧师所做出的贡献和牺牲。正是由于他们的奉献，我们的民族才没有对天主信仰产生动摇。我们的牧师工作在立陶宛、莫吉廖夫、明斯克、维捷布斯克、沃利尼亚、波多利亚、波德拉谢、海乌姆，为了守护基督信仰而奋斗不息。

尊贵的教廷代表阁下，请您接受我们最崇高的敬意与最诚挚的祝福，请您相信我们这些最为虔诚的天主教徒，请您庇佑我们传承千年的文明与文化，使得我们能够继续在天父的荣光下生活与工作，并且请赐予教宗力量，保护我们的国家、我们的民族，乃至全人类的利益。

教会理事会(签名)

代表阁下极为感动地接过了教区代表呈上的信件，并且表达了对波兰民族的深厚情感。他高度赞扬了波兰国王扬·索别斯基在 1683 年维也纳之战中取得的胜利，保护了基督教信仰和西方文明，并且表达了自己的观点：如果不是波兰民族无私的帮助，自己的祖国——意大利，便早已湮灭于穆斯林的洪流中了。代表还回忆了自己青年时与一位波兰医生结下的深情厚谊，医生名为斯塔布莱夫斯基，他在波兰起义后移居至代表的家乡，并认识了代表。代表在罗马时也结识了许多波兰学生和移民。他同时也叙述了自己在东印度时见到的波兰牧师传教的情景，他们的虔诚十分令他感动。代表每每提到波兰人民，都对他们给予高度评价，认为他们是高度文明的民族、高尚的爱国主义者，他以及虔诚的宗教信徒。在致辞结束时，他以教宗的名义，向所有人致以祝福。

10月30日上午9点，教廷代表离开哈尔滨前往北京，由于当天是工作日，仅有为数不多的几名工作人员前往车站送别代表阁下。艾美力克先生代表波兰侨居地向代表阁下致欢送词。代表阁下也回应说，他永远尊重波兰民族，在他看来，波兰民众即使身处异国他乡，也依然保持着对祖国的热爱和敬意。

二十三、哈尔滨教区并入符拉迪沃斯托克（海参崴）教区

要将哈尔滨教区并入其他教区的事情令所有哈尔滨教区信众感到不安。由于俄国国内政局变动，早先将哈尔滨教区并入莫吉廖夫主教区的计划现在也仅停留在理论层面。除此之外，根据天主教会以往的旧例，哈尔滨教区及分布在中东铁路沿线的附属教区则会被就近纳入吉林主教区。关于此事的细节已经在教会理事会交给新上任的西利沃夫斯基主教的信中写明，信件内容如下：

尊敬的卡罗尔·西利沃夫斯基主教阁下！

我们于近日获知阁下担任符拉迪沃斯托克（海参崴）主教区主教，我们谨代表哈尔滨教区及中东铁路沿线的附属教区全体教众向您致以祝贺。

然而我们也听闻将哈尔滨教区并入符拉迪沃斯托克（海参崴）主教区一事尚未最终决定，教廷也正在讨论此事。

哈尔滨新市街教会理事会

为此我们希望主教阁下听取我们的请求，并希望能够取得教廷代表、枢机主教康斯坦丁阁下的支持，将我们划归符拉迪沃斯托克（海参崴）主教区的请求交给教廷。

我们做出上述请求的理由如下：

(1)教区自 1908 年建立以来，与滨海边疆区和阿穆尔州的其他教区一样，一直从属于莫吉廖夫主教区；

(2)我们的教堂由切普拉克神父主持封圣仪式，自开工建设以来，便一直被认为从属于上级主教区；

(3)哈尔滨教区中的欧洲人口几乎全是波兰人，德国、爱尔兰、立陶宛及其他国家信众不超过总人数的 1%—2%；

(4)教堂附属的所有文化机构几乎全由波兰人支持运作；

(5)显克微支中学及圣文森特小学的学生全部由波兰人构成；

(6)由于在哈尔滨附近的傅家甸及其他中东铁路局管辖之外的地区，活跃着许多服务于中国教徒及其他欧洲教徒的法国传教士，因此将全部由波兰人组成的教区并入符拉迪沃斯托克（海参崴）主教区，不会引起任何异议。

（7）如果将来哈尔滨的欧洲天主教徒中波兰教徒的人数减少，无论何时都能引入数量最多的波兰族群，因为未来哈尔滨与波兰的工商业联系将会更加紧密。其他国家的天主教徒人数也许会随着时间的变化而增长，但会因语言或民族被分成不同的族群，而只有数量最多的波兰教徒能够统一在同一种文化与民族传统下。

我们斗胆向您请求考虑我们的建议并向教廷代表介绍，请代表阁下斟酌。

1923 年 10 月 29 日　哈尔滨

教会理事会（签名）

二十四、新主教区建立

1925 年，教廷颁发谕令成立西伯利亚主教区，主教驻地暂设在哈尔滨。教廷任命方济各会修士盖拉德·皮奥特洛夫斯基神父担任主教一职，其将于 1925 年 2 月 1 日抵达哈尔滨。主教出生于泰尔诺皮尔省的布恰奇一个普通家庭，之前的 14 年中一直在汉口传教布道。关于他的传教活动将在其他文章中介绍。

鉴于教区严峻的经济形势，奥斯特洛夫斯基神父不得不于 1925 年 7 月 15

建于 1925 年的哈尔滨埠头区波兰教会天主堂

日取道日本，前往美国以募集捐款，之后于 1927 年 1 月 18 日经由欧洲、苏伊士运河返回。与他一同到达哈尔滨的还有罗伯特·维热斯基神父、维托尔德·兹波罗夫斯基神父。维热斯基神父在显克微支中学和圣卡罗尔神学院教授自然科学；由于新城区圣斯坦尼斯拉夫教堂的爱斯蒙特神父于 1927 年 4 月 20 日返回欧洲休年假，兹波罗夫斯基神父便填补了他的空缺。

1927 年 5 月 15 日，盖拉德·皮奥特洛夫斯基神父被正式任命为哈尔滨教区主教，管辖所有教堂名下的附属机构。

二十五、哈尔滨埠头区的新教区

我们之前已经提到过，在 1922 年 9 月 3 日，教会为埠头区的新教堂举行了封圣仪式。教堂在奥斯特洛夫斯基神父的主持下开工，但由于种种原因，一直没能完工，直到西利沃夫斯基神父被任命为主教，在他的督促下教堂才得以建成。西利沃夫斯基神父作为符拉迪沃斯托克（海参崴）教区主教，熟知地区事务和地方关系。而令他感到不安的是战争结束后，大批移民拥入哈尔滨并开展自己的活动，移民中的人来自不同教派，不仅有东正教徒，也有天主教信众，给哈尔滨这座城市埋藏下骚乱的隐忧。为解决宗教派别间的对立，符拉迪沃斯托克（海参崴）教区主教于 1924 年 5 月 20 日颁布谕令：将圣斯坦尼斯拉夫教区分隔，成立新的圣约瑟夫教区，并将除埠头区以外的整个中东铁路的西线至满洲里地区并入圣约瑟夫教区，由安东尼·莱什采维奇神父担任主教，并成立了教区理事会，理事会成员有：弗瓦迪斯瓦夫·科瓦尔斯基、沙特科

哈尔滨埠头区教会理事会，前排分别是：安托舍维奇、加多姆斯基、莱什采维奇神父、费德罗维奇、斯特鲁斯基、车米斯。后排：克帕林斯基、安托扬、马切耶维奇、德克斯尼斯、皮亚斯图什凯维奇、库拉凯维奇、科尔布特

夫斯基、加特里克、扬柴夫斯基、杨凯维奇、瓦西莱夫斯基、德克斯尼斯、加多姆斯基、安图舍维奇、克里罗维奇、斯摩里奇、柴米斯、斯基布涅夫斯基、安托扬、威利莫维奇、巴里池克、纳吉维奇、叶林斯基、奥斯莫沃夫斯基、弗兰克、凯什科夫斯基、诺维克-莫罗斯、埃米尔、费德罗维奇、马切耶维奇、斯特鲁斯基、克帕林斯基、科尔布特、库拉凯维奇和皮亚斯图什凯维奇，名单中的前六位组成教堂建设委员会，科瓦尔斯基先生任荣誉会长，建筑师杨凯维奇任技术总监。

委员会募集到了十分可观的建设资金，科瓦尔斯基先生更是慷慨解囊，捐赠了总值 4 000 美元的建筑材料，使得教堂能够顺利开工建设。新教堂与老教堂间相隔 17 米远。

1924 年 9 月 5 日，人们举行了奠基仪式。杨凯维奇将教堂设计成哥特式的外观。教堂长 19 米，宽 8 米，钟楼高 18 米。教堂用砖墙围砌，梁柱则使用雪松木。教堂建设费用达 14 000 墨西哥元（约 7 000 美元）。

1925 年 6 月 15 日，经主教推荐，毛鲁斯·克鲁格神父主持了教堂封圣仪式。新教堂中的第一次弥撒仪式由皮奥特洛夫斯基神父主持。

1926年9月1日,教堂开设了帮助贫穷儿童入学就读的免费小学。

二十六、满洲里教堂

在哈尔滨以外，最古老的波兰教堂位于哈尔滨西北866千米外的满洲里。

根据教会理事会《教区全书》中的记载,1910年1月22日,伊万诺夫便开始为在满洲里建造天主教礼拜堂筹集资金了。1911年,经过皮奇来夫斯基、斯泰茨凯维奇,以及奥斯特洛夫斯基神父的一番努力,人们终于在满洲里购买了一座房屋及一片土地,并将房屋改造为教堂。

1915年,人们在满洲里成立了“罗马天主教协会”。协会章程由中将阿方索于1915年11月28日确认通过。作为协会创始人在章程上签字的有:加布里亚沃维奇、斯泰茨凯维奇、布雷伊沃、波德拉斯基夫妇、乡绅泽布罗夫斯基,以及哥尔巴。协会的目的是促进文化发展并且提升成员生活水平和文化素养。

1916年,加布里亚沃维奇、斯泰茨凯维奇、哥尔巴及霍林斯基等人为教会修建了房屋,用作神父宅邸、学校和教会图书馆。

学校一直办学到1922年。在这一年中,复核委员会主席安娜·别尔凯维楚娃从日本红十字会获得了一笔救济金，用以帮助在西伯利亚和中国的贫困波兰儿童。大部分在校学生和老师弗瓦迪斯瓦夫·库奇科夫斯基一同返回波兰。学校暂时关闭。然而现在那里又有数十名学生,需要每月30美元的费用才能重新开始教学。

1924年5月,满洲里教堂并入哈尔滨教区管辖。教会事务由安东尼·莱什采维奇神父全权处理。

二十七、海拉尔教堂

海拉尔,位于哈尔滨西北748千米处。这里的教堂建造于动荡不安的1918年。

在那一年,阿塔曼(哥萨克首领)谢苗诺夫在达斡里亚宣布了对外贝加尔省的独裁统治,而在外贝加尔省南部,乌戈尔·斯特恩伯格男爵又建立了第二个小国。这位骑士的后裔组建了包括蒙古、布里亚等亚洲部落在内的骑兵队,驻地设在距海拉尔215千米处的达斡里亚,在那里与布尔什维克组织进行了激烈的战斗。1921年,他在蒙古被自己的士兵和俄罗斯士官杀死。

在那之前的1918年,乌戈尔男爵尚在组建骑兵队时,曾在海拉尔停驻过一段时间,在他的骑兵队中有几名波兰士官。

海拉尔的波兰侨居地共有40户人家,除此之外还有几户信仰天主教的中国家庭。每年神父都从满洲里或者哈尔滨赶来,在教徒家中或者马车中帮助信徒完成礼拜仪式,非常不便。

1918年4月,安东尼·莱什采维奇神父从满洲里来到海拉尔。在他的提议下,人们于1918年4月23日建立了"波兰圣心会"组织,并选举蒙古火炮队上校安东尼·亚历山德罗维奇为主席,卡齐米日·拉伊海特任书记,安杰伊·雷什瓦任财务主管。

协会的首要任务便是找到固定的驻所以便作为教堂和协会的

办公地。为了解决这一问题，亚历山德罗维奇决定向无所不能的乌戈尔男爵提出请求。

乌戈尔男爵在海拉尔的当地居民中曾引起巨大恐慌，以至于无人敢向他提出任何请求。然而男爵却非常慷慨地答应了波兰人的请求，从他的军队占领的房舍中给予他们一所宽敞的房屋作为教堂。不久之后，控制了海拉尔的中东铁路局，也承认了这座教堂。

在教堂中安置了祭坛以后，协会还购买了风琴和其他设备。教堂的布置工作完成后，协会将波兰家庭捐赠的书籍收集起来设立了图书馆，并且还开设了教授波兰语的学校。

来学校登记的孩子共有 15 名。第一任教师是叶林斯基，第二任为扎其茨基中校。1922 年，学校因为大量学生随父母返回波兰而不得不关闭。

除了上述人员，杨·奥热霍夫斯基、弗瓦迪斯瓦夫·提尔克，以及之后的扬·西蒙科维奇和斯旺其茨基都积极地参与到了教堂的布置工作中。

成立于 1918 年 4 月 23 日的“波兰圣心会”，于 1921 年秋更名为“基督民主联盟”，并在 1924 年 10 月接受了“波兰天主教协会”的名称，至今仍然存在。他们在极其困难的条件下维持了教堂的正常运转，并且与哈尔滨方面保持联络。海拉尔的波兰侨居地现在仅有十几户波兰家庭。除了他们，还有三户美国家庭、几户捷克人家、奥地利战俘和中国家庭前来教堂。

1922 年在协会的请求下，铁路建设局为教堂周围围上了木篱笆。

1924 年 10 月 3 日，中东铁路建设局被布尔什维克政党接管，建设局在 1924 年 11 月 13 日颁布“第 247 号命令”：“教堂及其周边土地应由教会理事会或指派的组织管理。”这一规定使得教堂能够获得并利用接近海拉尔城市中心的一大片土地。

由于哈尔滨的神父一年中仅有几次来到海拉尔，在其他时间里，教堂都是空置的。因此教堂交由修女们管理，教堂中有为波兰儿童开办的福利院，同时确保能将这些孩子送往哈尔滨的学校学习。

二十八、齐齐哈尔

在齐齐哈尔，波兰人仅居住在火车站附近。最近的教堂位于20千米外的城镇，并且只有两名不懂波兰语的荷兰神父，非常不便。于是在1919年秋，波兰人尝试组建独立的组织，但是“自助小组”（即波兰圣心会）成立不久便宣告失败了。

1925年在齐齐哈尔，亚当凯维奇领导成立了“天主圣心会”。协会非常关注波兰民众的精神和文化需求，并计划建造独立的礼拜堂及波兰小学。

与哈尔滨相邻的其他地方也需要建造天主教礼拜堂，并在其附近为孩子们建造小学。比如扎兰屯、阿什河等地。我们也希望能有有心人认真考虑这一问题并帮助这些地区。

二十九、结　语

位于满洲里、海拉尔、哈尔滨，以及未来其他地方的教堂，是奥得河和波罗的海边延伸至太平洋沿岸一线的无数坚固的堡垒。这些教堂周围聚集了虔诚的波兰信众，他们坚守着父辈的传统：信仰上帝，忠于祖国，扶助贫者，怜悯被迫害者，尊崇祖先的语言和民族的传统。而现在显而易见的是，所有堡垒被敌人围攻，无数信众遭受迫害，但波兰民族对于这些早已司空见惯，我们的父辈甚至曾经见过，祖国和信仰遭受更加惨烈的折磨和摧残，甚至万能的主也被暴君们的炮火摧毁。但我们仍怀有希望，在新时代的曙光里，能够得到神的庇佑！

满洲里波兰教会天主堂

1919年6月29日，在满洲里波兰侨居地为孩子们举行“初次圣礼”

建于1918年的海拉尔波兰教会天主堂

建于1919年的黑龙江齐齐哈尔天主教礼拜堂

波兰家园协会

在欧战中，数以千计的波兰人将自己的命运交付“满洲”这片土地，而他们中大多数人都有机会在哈尔滨停留。这些人中或许会有人走进聋子街（后改称凤翥街——译者注）旁一幢三层的建筑，因为他们之前听说这里的波兰人拥有自己的房子、阅览室和图书馆，而且这里可以获得信息、帮助，甚至工作。

但他们无法想象的是，仅仅十几个人，经历了多少个日夜，付出了多少艰辛的努力，才使得“满洲”的第一个波兰人据点具有今日的规模。

1907 年，在俄属波兰以及俄国境内发生的一系列革命，使得沙俄政府更加严密地监视每一个公民的社会活动，以及具有政党性质的社会组织。即使在中国的土地上，在哈尔滨，沙俄政府依然进行着监视。但各种合法和不合法的交易存在，也使得一些社团能够秘密存在。在此之前已经成立一个名为鲁特琴的音乐协会，但真正具有影响力的是以文化教育为目的而成立的波兰家园协会。

波兰家园的创始人有：巴宾斯基夫妇、冬布罗夫斯基、多布洛沃夫斯基、加布里尔、捷伊什托尔、格拉波夫斯基、葛莱科维奇、格罗图斯、格罗赫夫斯基、克里莫夫斯基、科密塔、科罗瓦伊、莱帕尔斯基、莱托夫特、拉奇尔斯基、拉佐夫斯基、马楚克神父、米哈沃夫斯基夫妇、莫乎奇、尼尔海姆、奥布霍维奇、奥斯特洛夫斯基、普利索夫斯基、罗曼夫妇、什查文斯基、弗罗莱夫斯基、维热可夫斯基、扎兰博。

1907 年 8 月 28 日，协会章程由格隆布柴夫斯基中将确认通过。由于哈尔滨没有拉丁字母打印机，所以章程是在华沙的鲁别舍夫斯基以及弗洛特诺夫斯基印刷厂印刷的。1907 年 11 月 3 日，协会举行第一次正式会议。

在章程的基础上，会议选举出了临时管理处，分别由以下人员组成：巴宾斯基、高拉诺夫斯基、科密塔、莫乎奇、米哈沃夫斯基、普利索夫斯基、罗曼诺娃、弗罗莱夫斯基，并且由马楚克神父、格拉波夫斯基、彻比茨基组成复核委员会。

“鲁特琴”音乐协会也表示了支持新组织的意愿，自愿解散后将所有的书籍、家具，以及现金都捐给了波兰家园。加布里尔先生则捐建了一座图书馆，教会将其安置于教堂一层，同一层的还有带有看护室的大厅，以便于人们能够在节假日使用而不至于打扰教堂的礼拜。但越来越多的成员来到这里，并将这里当作自己的住所，使得这里变得非常拥挤。人们不得已在铁路街的奥克萨科夫斯基公寓另租了一所房子，以供表演和娱乐使用。

建于1912年的哈尔滨波兰家园协会大楼

在整个1908年，新协会从两个方向入手，发展社会活动。协会一方面通过开展一系列戏剧表演和开放图书馆，进行文化启蒙活动；另一方面着重社会公益，开办慈善机构。同时考虑到学校教育的必要性，人们在绅士们和协会的支持下开办了免费的波兰语课程和每月三卢布的文学课程。1908年7月，协会成立了小学，使得孩子们能够在这里学习波兰语。当时共有35名学生报名，第一任老师是米哈沃夫斯基先生，第二任是布鲁泽夫斯基先生。

协会的力量不断发展壮大，并在1909年11月将会址迁到了更加宽敞的玛丽公寓，这里不仅带有宴会厅和更多的房间，甚至已经考虑到了未来侨居地继续发展而进行扩建的需求。三年后的1912年4月，在全体成员会议上通过了波兰家园协会购买土地并建设房屋的设计提案。在备选的五块土地中，人们最后选中了公司街与聋子街的交界处的土地，并且决定通过贷款的方式为协会筹集资金。管理处出面向众人贷款，筹得利率为8%、总额为12 000卢布的资金，以保证工程的顺利进行，在贷款还清前，土地和建筑物不能拆除和出售；同时决定在10年期限内以每股50卢布的价格出售，截止期为1922年6月30日。然而自1913年1月5日起，房屋建造的开销就已经超过了第一次的预算——达到15 000卢布，并且只够修建一层而且没有戏剧厅。不久之后，波兰家园便展开工作了。自入驻新办公楼以来，协会便进行了一系列积极的社会活动，包括帮助加利西亚难民，第二年在戏剧部门的帮助下建造了戏剧厅，为战争中的波兰难民组织募捐，以及继续大力支持小学办学。

在这里，波兰家园必须感谢时任主席的维克多·罗曼先生，正是因为他的大力提倡和四处奔走，这些繁重的工作才能够得以完成。他的肖像画至今仍然悬挂在大厅之中，作为永久的纪念，供后

在哈尔滨举行第二届远东西伯利亚波兰组织大会，大会自1918年9月末开始，持续至10月中旬

第一排，从左至右依次为：塔德乌什·波亨斯基、扬·布克辛斯基、梅其斯瓦夫·梅西林斯基、伊格纳奇·索别什查斯基、瓦茨瓦夫·拉佐夫斯基、斯塔尼斯瓦夫·托马舍夫斯基、齐格蒙特·雅什琴布斯基、博莱斯瓦夫·哈尔屯、弗瓦迪斯瓦夫·霍曼、弗瓦迪斯瓦夫·奥斯特洛夫斯基神父、博古斯瓦夫斯基博士、卡罗尔·韦伯

第二排，从左至右依次为：不详、不详、奥库尔斯基、不详、扬·利普钦斯基、埃德蒙·多布莱斯基、文森特·努尔凯维奇、布尔哈克中将、不详、塔德乌什·普利索夫斯基、扎莱夫斯基、普舍贝尔斯基、不详

第三排：童子军队员、不详、不详、卡齐米日·弗雷奇、塔德乌什·拉佐夫斯基、不详、瓦来里安·努尔凯维奇、童子军队员

人瞻仰。

第一次世界大战给协会带来许多变数，波兰在战争中的立场，以及各参战方许下的诺言，使得侨居地流传着祖国即将独立的消息。1915年2月，在民事管理局的许可下，人们公开演奏了乐曲——《天佑波兰》，并且当局已不再干扰人们庆祝格伦瓦尔德战役胜利周年，纪念柯斯丘什科逝世一百周年，以及纪念博莱斯瓦夫·普鲁斯、亨利克·显克微支等名人进行的活动。

侨居地的人们不仅通过这些纪念仪式来表明自己与祖国的关系，同时他们并没有忘记祖国真正需要的帮助。人们将为战争中受难的祖国民众捐赠的财物交由华沙的中央公民委员会，同时管理局还尽最大的努力，为受困于外贝加尔省涅尔琴斯克（尼布楚）监狱中的同胞尽可能提供帮助，还竭尽全力为逃难至哈尔滨的同胞安排临时住所，直到组织委员会为他们提供合适的工作。

俄国革命的爆发和沙皇专制统治的废除给予了波兰人新的机遇。面对新的机遇，人们决定成立政治理事会，作为身处中国东北的波兰人的利益代表。1917年12月，波兰家园协会大楼上飘扬起国旗，而这一年中最引人注目的是大量人员拥入哈尔滨，仅在最后的三个月中就有近百人到达并登记。他们应时势的要求，成立了新的组织，所有人都围绕波兰家园协会展开工作，例如“满洲”委员会、铁路工人联盟、与文化教育相关的组织，以及政治理事会和波兰社会党——所有的一切都借助协会的力量，并且将命运与之紧密相联，让人们从中看到了新纪元到来的希望。1918年不仅是协会历史上道德精神方面，同样也是物质方面，回归常态的一年，而且使协会成员感到高兴的是，不仅自己的代表参加了波兰工人代表团，而且发现了战争联盟的所在地；民族委员会的特使还登记了愿意加入民族战线的同胞；协会还计划在原先只有一层的公寓上加盖一层。协会还进一步增加文化艺术方面的活动。途经哈尔滨的艺术家们常常在协会的舞台上举行义演，使侨居地的人们能够了解自己民族的著名文学作品。他们也对波兰舞会的成功举行感到非常高兴，这次舞会给学校建设基金会募集了大量捐款。学校在原有的基础上组建起来，并且在 1919 年 5 月被命名为拉佐夫斯基学校，拉佐夫斯基先生曾为协会主席之一，为社会活动和爱国主义运动奉献了一生，致力于为波兰家园协会服务。他受到协会所有成员的敬爱，协会管理局将他的肖像悬挂在第一主席的肖像旁。

在协会的关注和支持下，波兰合作社成立，协会还给予合作社独立的办公地点。协会的活动受到了各方的支持，协会还致力于人道主义活动，帮助俄国革命中被流放到西伯利亚的难民，为他们提供庇护。协会作为祖国在远东地区的代表，不仅是祖国的一部分，而且在帮助同胞的同时，也为其他外国难民尽可能地提供帮助，其中有十几名来自西伯利亚和捷克斯洛伐克作为盟军参战的美国人。1920 年 2 月，捷克斯洛伐克西伯利亚第五师从西伯利亚撤退后到达这里，协会也向他们敞开了大门，波兰共和国高级委员到访期间给予他们坚定的支持。

1920 年 3 月，祖国独立后第一位代表的到访之日，绝对是侨居地历史上值得纪念的一天。远东侨居地的波兰人民付出的所有努力和艰辛，都使得来自祖国的使者确信，大家的唯一愿望和主导思想都是希望有朝一日祖国能够获得独立和自由。在协会所在的这幢楼宇中，回响的都是爱国主义的歌声和对祖国最深沉的爱。代表的到来也使得我们每一个人都感受到自己与祖国紧密相联，感觉祖国母亲亲眼看到了自己身处海外的游子在茁壮成长。

1920年对于波兰家园协会来说是具有转折性的一年。俄国政变及其造成的无政府状态，严重地影响了经济和政治情况，导致俄国货币大幅度贬值，以至于卢布无法在远东地区流通，只能被换成日元或中国银圆。

由于工商业发展停滞导致的普遍贫困，大批协会股东表示非常不满，并要求退回自己在协会成立之初购买股票的资金。此类要求提出最多的那一年，正好是地方市场货币发生变化、卢布退出“满洲”市场的那一年，管理局最终只得以等值的日元向股东支付了股票资金。管理局的态度使得更多的人卖出股票，这时的协会已经处于非常困难的境地，甚至无法处理越来越多的人提出的返回祖国的要求。

难以想象的是，这样一个协会为它的民众生活付出那样巨大的牺牲：协会主席多贝尔斯基夙兴夜寐，完全不顾及自己每况愈下的身体，工作至最后一刻；难以想象的是，这样一个协会组织了无数次戏剧、教育和慈善活动，建立了藏书丰富的图书馆，让自己的青年学生甚至军人了解和喜爱本民族的文学艺术；难以想象的是，这样一个协会所有的财产支持了那么多的组织正常运转，比如哈尔滨波兰红十字会组织、波兰工商业发展促进协会、统计委员会，以及青年联盟。而现在这些财产岌岌可危，在外国人眼中成为一座有利可图的房屋。未来的经济和政治状况完全不可预测，由于波兰家园协会属于国家公民组织，因此并未与中国政府签订协议，面对中国政府的一系列要求，协会被迫停止所有活动。由于无法支付费用，协会无法再进行任何文化教育活动。多亏波兰领事宾道尔先生平息了法国领事对中国政府的干涉，协会才得以在短期内重新向会员和组织提供住所。无论是节日庆典晚上的篝火，还是圣诞节晚上的圣饼和给孩子们的圣诞树，都是协会管理局为了增进成员间的相互理解，为所有的成员和组织提供的。协会将众多身处海外的同胞聚集起来，给他们留下了美好的回忆。所有在这里的人都感觉如同在家中一样温暖，甚至其他外国人也感到好像回到了家中一样，非常乐意参加协会的晚间活动。那些在宴会厅中举办的活动——无论是拉佐夫斯基学校的传统晚宴，全波兰晚宴，波兰共和国高级委员的招待宴会，为返回祖国的同胞召开的欢送会，为波兰领事摩尔古莱茨先生及夫人准备的欢送仪式，或者是每年一度的圣诞节，抑或是所有外国代表出席的庆祝“五·三宪法日”国庆节的活动，都为所有的会员留下了难以磨灭的回忆。

协会的任务困难重重，我们必须向这些文化财产致以崇高的敬意，并将它们传承给我们的后代。而协会现在面临的最紧迫的情况便是财务问题，人们将股票全部退回，使得新大楼的建设无法进行。

我认为，只言片语无法完整地描述这些波兰人在远东侨居地的所有活动，或许波兰政府会对这一曾经接待过自己使者的远东据点提起兴趣；或许有某一位爱国人士能在机缘巧合之下读到这篇文章，本着自己的良知，公正地评价我们的工作；又或许波兰政府和人民能够帮助我们，保全这符拉迪沃斯托克（海参崴）至赤塔一线上的心脏地带，让我们继续作为远东地区波兰人的家园，为祖国抚慰和庇护这些游子的灵魂。

塔德乌什·舒凯维奇

1927 年 3 月 20 日，人们选举出了新一届波兰家园协会管理局成员：海沃斯任主席，莱什采维奇神父任学校理事会代表，莱文斯基任财务主管，莱托夫特任图书馆馆长，莱内特·奥古斯特及尼尔海姆任副主席，左温多夫斯基任名誉负责人，雷什瓦任书记。

复核委员会成员有：安托舍维奇、多布莱斯卡及莱内特·安东尼。

荣誉法庭成员有：亚当·皮奥特洛夫斯基神父、古斯塔夫·艾美力克、弗瓦迪斯瓦夫·科瓦尔斯基、法比夏克及赫梅尔斯基。

1927 年 3 月 20 日，波兰家园协会新一届领导集体

“猎鹰”运动与童子军

关于哈尔滨中学组织——“猎鹰” 的最早记录始于 1917 年 9 月 1 日。“猎鹰”运动的领导人是菲利克斯·阿尼尔及其副手安杰伊·格齐布。

至于这个组织存在的时间和它的档案现在身在何处，我们都无从得知。

1919 年 6 月 6 日，显克微支中学成立了童子军，创始人分别是工程师亚历山大·科舍维茨、菲利克斯·阿尼尔以及本尼迪克特·科舍维茨。

童子军的旗帜至今依然郑重保存在显克微支中学礼堂的展柜中。这面 108 厘米乘 136 厘米的旗帜由两种不同材质的丝绸制成。白色的一面绣有童子军十字，并且在底部写有“‘满洲’波兰显克微支中学童子军”，紫红色的一面绣有白鹰。整面旗帜由红色的线缝制。旗杆呈暗红色，长 2.48 米，在其尾端装有木球以及银色的金属矛。旗面由六枚金色的钉子钉在旗杆上。旗杆顶部装有红白两色，长 2.65 米的飘带。

1919 年是童子军最为辉煌的一年，成员达到了 130 人，并且在符拉迪沃斯托克（海参崴）附近的俄罗斯岛举行了为期两个月的夏令营。1919 年 10 月 15 日，哈尔滨显克微支中学成立了童子军支部。远东区童子军部队指挥为雅库布凯维奇，副指挥为菲利克斯·阿尼尔。人们在哈尔滨组建童子军的理念对各方都产生了影响。1919 年 12 月，赤塔童子军成立；1920 年 1 月，满洲里童子军成立。

随着大批童子军成员返回波兰，中国的波兰童子军也开始逐渐衰落。1920 年 8 月，波兰童子军的领袖返回波兰时，为其他成员留下了一份《成员章程》。章程的原件已经无法找到，以下引用的章程是经过多方查证最为可信的版本。

成员章程

敬告所有哈尔滨的波兰青年：

我们的正式名称是——“满洲”显克微支童子军。

童子军成立于 1919 年 6 月 6 日。创始人分别是：工程师亚历山大·科舍维茨、菲利克斯·阿尼尔以及本尼迪克特·科舍维茨。

1919 年成员人数达 130 名，同年在符拉迪沃斯托克（海参崴）附近的俄罗斯岛上举行了为期两个月的夏令营。

部队领导分别是：菲利克斯·阿尼尔指挥、本尼迪克特·科舍维茨指挥，以及卡齐米日·亚努舍维奇。

在部队旗帜的号召下，哈尔滨的所有波兰青年团结起来，精诚一致，为民族和全人类而奋斗。

现在大部分部队成员返回了波兰，削弱了部队整体实力。由于剩余的成员也有可能在不久之后返回祖国，我们对童子军未来的命运如何并不确定。但我们希望能将我们神圣的旗帜，以及这份章程保存在波兰家园协会大厅的玻璃展柜中。

哈尔滨的波兰童子军如有符合下列条件者，才能借出并使用这面旗帜：

（1）部队成员不得少于 20 人，且必须年满 12 岁，品行不端者不允许加入；

（2）小队长至少四名；

（3）必须获得波兰家园协会的书面许可，方可使用旗帜；

（4）部队必须举行至少两周的夏令营；

（5）必须讲授波兰语言、地理及历史课程；

（6）部队需要进行至少五个月的适当而系统的培训后才可借用旗帜；

（7）存放旗帜的展柜的钥匙存放于波兰领事馆；

（8）如果波兰家园协会解散，旗帜则交由波兰领事馆保管；

（9）华沙童子军总部可以更改章程中的内容。

签名：名誉主席、“满洲”童子军指挥、童子军协从指挥及部队书记。

1920 年于哈尔滨

1920年在哈尔滨存在两支童子军队伍，分别由波兰家园协会和显克微支中学管理。童子军在一段时间内非常活跃，但其中大部分成员返回波兰后，整个队伍便开始衰落了。至1920年末，两支队伍的工作几乎已经全部停止了。直到德沃让斯基指导员于1921年1月抵达哈尔滨后，才扭转了这一颓势。他在一个月内组建了童子军连队，由三支队伍组成：卡齐米日·普瓦斯基男兵队、雅德维加女兵队和幼童队。

此外，德沃让斯基还组建了童子军赞助者，波兰领事摩尔古莱茨任第一任主席。在他返回波兰后，主席一职由波兰副领事康斯坦丁·西蒙诺来维奇担任。

连队主管由显克微支中学教师弗兰齐舍克·雷思科–波兰斯基担任。男兵队与女兵队的人数一直处于变化中，而幼童队则几经解散、重组。男兵队的指挥分别为弗兰齐舍克·雷思科–波兰斯基、扬·柯尔文–皮德洛夫斯基、泰奥菲·科特，以及约瑟夫·索伯特凯维奇；女兵队的指挥则由皮凯洛芙娜、海林娜·扎永奇科夫斯卡，以及芭蕾舍夫斯卡担任；根蒂洛芙娜、莱西涅夫斯基，以及安内什库夫纳担任幼童队指挥。

1923年，在指挥弗兰齐舍克·雷思科–波兰斯基的带领下，人们举行了最后一次童子军夏令营。同年，弗兰齐舍克·雷思科–波兰斯基离开童子军指挥层，童子军领导权交与童子军理事会，并由其管理所有成员。

在弗兰齐舍克·雷思科–波兰斯基离开后不久，男兵队分裂成了两部分：显克微支中学的普瓦斯基男兵队和波兰家园协会的柯斯丘什科男兵队。而柯斯丘什科男兵队仅仅存在了半个月后便宣告解散,并且大部分成员都返回了普瓦斯基男兵队。

1923年末，人们再次组建了名为冬布罗夫斯基的幼童队,现在仍然存在,但人数不多,仅在1925年停办过一段时间。队伍的指挥分别是西蒙诺来维奇与萨莫伊沃，人数一直在30到60之间浮动。

1927年5月,队伍人数达到40人。男兵队指挥兼理事会主席分别为索伯特凯维奇、派尔莰、加特里克和西蒙诺来维奇,女兵队指挥为芭蕾舍夫斯卡姐妹。

1925年8月22日，访问日本的外交使团武官严德热耶维奇上校抵达哈尔滨。在他的努力下,停办两年的童子军连队重新组建。

人们首先组建了童子军赞助者,由奥斯特洛夫斯基神父担任主席,其他成员有:斯塔尼斯瓦夫·尼尔海姆、亚历山大·海沃斯、斯塔尼斯瓦夫·左温多夫斯基、约瑟夫·布鲁泽夫斯基,以及伊莎贝拉·芭蕾舍夫斯卡,并且由显克微支中学校长担任监理。童子军连队仍由上面提到的三支队伍组成。

西蒙诺来维奇被提名成为连队领导并担任戈尔车莰基男兵队指挥,并持续至今。连队中最为活跃的便是男兵队,女兵队次之。他们举行了多次会议,但仅进行过几次远足。

童子军参加过许多重大节日和宗教活动，举行过多次晚会和茶话会，同时也积极参加到哈尔滨波兰青年的文化和社会活动中。

哈尔滨波兰公寓

1915 年，第一所帮助孤贫儿童的福利院由奥斯特洛夫斯基神父在哈尔滨郊区马家沟建立，并帮助这些儿童入校学习。孩子人数为 20 到 25 人。玛丽亚·马琳担任院长，奥斯特洛夫斯基神父主管这所福利院。除了孤贫儿童，还有一些父母居住在外省的孩子也被安置在这所福利院中。1916 年，看护人的数量增长了不少，他们中大部分都是来自波兰和西伯利亚的移民。安托妮亚·立夫查诺瓦女士曾照看这些孩子两年。1917 年，福利院搬进教堂边上的新楼，靠近圣文森特小学和显克微支中学。1919 至 1920 年，慕其库夫纳女士担任院长，但由于奥斯特洛夫斯基神父在 1920 年返回欧洲，福利院则由新成立的波兰社区协会代为管理，协会由卡齐米日·茹拉夫斯基–扎尔斯基领导。

协会对福利院进行了重组，将其分为柯斯丘什科男生公寓和

哈尔滨波兰公寓，照片拍摄于傅家甸正阳大街

奥热什科娃女生公寓。公寓尽可能地帮助外省的孩子，使他们能够获得低廉的住宿和入学的机会。护工的人数也有明显的增长。

协会还邀请多米才拉·马茨凯微车夫纳担任公寓主管，卡齐米日·茹拉夫斯基–扎尔斯基担任男生教导主任，约瑟夫·布鲁泽夫斯基担任女生教导主任。在波兰社区的公寓成立一年后，公寓将孩子们的监护权交由圣文森特小学和显克微支中学的监护理事会。

公寓在看护人的支持下，情况正在好转。但监护理事会最后在一些家长未能支付看护孩子们的费用的情况下，迫于巨大的财务压力，不得不将公寓关闭。在这艰难的时刻，圣文森特·保禄协会为公寓提供了无私的帮助，缓解了当时严峻的状况。并且自1922年至今，圣文森特·保禄协会在极其困难的情况下，一直照顾公寓中的孩子。由于缺乏资金，公寓即使只能为贫穷的孩子们提供片刻的庇佑，人们也都已经心满意足了。

现在公寓一共照看 35 个孩子，其中有 19 个孤儿。能够缴纳费用的人并不多。

在最后一年中，哈尔滨波兰侨居地代表塔德乌什·舒凯维奇向华沙的工作与社会保障部和宗教文化局寻求资金支持。这些资金也确实起到了一定作用，但对于各方面巨大的需求来说仍是不够的。数十个波兰孤儿仍然在期盼着来自祖国的庇佑和信仰的救赎。

面对巨大的困境，公寓现在需要全波兰社会的支持和帮助。

约瑟夫·布鲁泽夫斯基

马利亚守卫者

1925 年 6 月 8 日，在显克微支中学理事会的提议下，人们组建了名为“马利亚守卫者”的青年学生组织，这一具有民族和宗教色彩的组织，其主要目的是团结所有亚洲的波兰青年。该组织由执政官和理事会领导。1925 年 9 月 8 日至 1927 年 5 月 3 日，西蒙诺来维奇担任第一任执政官，现任为马茨凯维奇。在马利亚守卫者成立的第一年中，有许多分支组织，其中最主要的有：波兰小组（第一任组长佩尔茨，后为帕尔尼茨基）、互助兄弟会（组长加特林库夫纳）、美术小组（组长柏布里斯）。波兰小组曾组织过许多波兰文学作品的朗诵会、晚会和戏剧表演，其中包括斯沃伐茨基的《柯尔迪安》、密茨凯维支的《先人祭》、弗雷德罗的《复仇》，以及阿内斯卡的《莱赫兄弟》。在波兰建国九百周年的“五·三宪法日”，他们还组织了夏夜晚会和爱国主义庆典。互助兄弟会曾在一段时间内经营了一家商店,以相对低廉的价格向学校出售一些必需品,并且给予一些贫穷的儿童衣物和鞋子。美术小组曾举办一系列绘画展览,并为展览绘制了一些装饰物。马利亚守卫者与波兰方面进行了广泛的合作,并且在哈尔滨以外还有分支组织。马利亚守卫者分别在 1925 年 11 月 8 日和 1926 年 5 月 3 日举行了圣母马利亚纪念仪式, 在 1926 年 11 月 13 日举行了圣斯坦尼斯瓦夫纪念仪式,还举行了十一月起义和一月起义纪念活动。1927 年 4 月 23 日,马利亚守卫者与校外青年组织——“波兰青年联盟”合并。

在两年前, 马利亚守卫者开始出版自己的半月刊杂志, 杂志编辑由西蒙诺来维奇担任。编辑部常常举办文学研讨会,并且在组织大会和理事会例行会议上举行宗教和爱国主义题材的朗诵会。

哈尔滨波兰音乐协会

在几名教众,特别是文森特·沙弗兰斯基先生的提议下,人们建立了波兰音乐协会,以便于组建合唱团和唱诗班。

第一次创始人大会于 1922 年 11 月 22 日举行,大会通过了协会章程并且选举出了管理人员。

根据协会章程，所有教众都可以加入协会。成员分为三类：一、“荣誉会员”——需要一次性支付不少于 25 美元的会费，或者为协会做出杰出贡献；二、“普通会员”——需要每月支付不少于 25 美分的会费;三、“特殊会员”——合唱团和唱诗班成员。

在协会成立的第一年中,共有会员 50 名,到 1924 年人数为:荣誉会员 4 名,普通会员 150 名,特殊会员 20 名。1925 年,荣誉会员人数增加至 7 名。1926 年,由于大量人员返回波兰或者受雇于中东铁路局,普通会员人数大大降低。现在会员人数仅有数十名,

哈尔滨波兰音乐协会以及教堂唱诗班

协会管理人员为了实现自己的目标而尽一切努力地勉强维持协会运转。协会的资金来源于捐款以及成员所缴纳的会费。协会管理机构的人员分别是：奥斯特洛夫斯基神父担任主任，沙弗兰斯基担任书记，维辛斯基担任财务主管和合唱团指挥。现在协会仅能维持教堂唱诗班的运转并支付合唱团指挥的部分工资,其他的目标也只能留待将来实现了。

哈尔滨的波兰社会团体

自从波兰人开始在哈尔滨定居，他们便成立了形形色色的社会团体。之所以有如此众多的社会团体和组织，一方面是因为我们每个人与生俱来的独立性，另一方面则是因为哈尔滨乃至整个远东地区的波兰移民的社会背景的多样性。

许多人认为，如此众多的社会团体和组织不利于社会的统一。我们并不同意这种观点。可以有力反驳这一观点的便是德国的情况，德国被认为是社会和民族高度统一的典范，然而不仅在德国本土，甚至每个侨居地的所有社会领域几乎都拥有至少数十个社会团体和组织。我们无法强求每个社会背景、受教育程度、世界观不同的人，在一周之内仅仅交谈过几次便紧密相连、高度团结。但在重要方面和领域，我们必须达成高度一致，精诚合作。例如：民族统一、宗教、人道主义及一些相关的政治和社会事务方面。如果在这些方面我们无法达成一致，只会导致某些个体的野心过度膨胀,或者群体之间形成对立和纠纷。

成立于1901年的"宗教委员会"是波兰人在哈尔滨成立的第一个社会组织，并未被官方认可。成立该组织的目的便是为建立第一座波兰教堂筹集资金。

"罗马天主教圣心会"是哈尔滨成立时间最早并受到官方认可的社会组织。该组织的第一次全体成员会议于1903年召开,与会的成员主要是波兰天主教徒。由于时任政府的缘故，会议是在非公开,甚至完全保密的情况下进行的。该协会又单独成立了"教堂建设委员会",建设委员会在教堂建设完成后,继续承担"教堂管理局"的工作,并最终更名为"教会理事会",至今仍然存在。

除此之外,20多年前还存在过一个名为"鲁特琴"的社会文化组织。我们没能找到关于这个组织的更加详细的资料，也有可能资料早已湮灭无存。我们通过交谈,仅仅得知:"鲁特琴"成立于日俄战争之前,直到1907年秋。俄国革命爆发后,该组织在哈尔滨积极开展工作，当时的哈尔滨几乎是整个远东地区政治社会生活的中心,并且聚集了数千名躲避内战的军民。

1917年8月中旬,存在于哈尔滨的社会团体有:

(1)波兰家园协会;(2)"鲁特琴"声乐协会;(3)征兵委员会;(4)公众书店;(5)戏剧艺术小组;(6)芭蕾小组;(7)人民大学小组;(8)工人学校委员会;(9)"猎鹰"体育协会;(10)圣文森特·保禄协会;(11)波兰信使出版社;(12)教堂管理局;(13)波兰士兵联盟;(14)波兰侨居地组织临时委员会。

1919年10月中旬,存在于哈尔滨的社会团体有:

(1) 哈尔滨波兰战争联盟管理局;(2) 波兰战时委员会代表团;(3)波兰家园协会;(4)战时救助委员会;(5)波兰童子军;(6)圣文森特·保禄协会;(7)俄罗斯与西伯利亚波兰民族委员会;(8)波兰战线;(9)临时救助协会;(10)戏剧小组;(11)教育小组;(12)波兰社会党;(13)哈尔滨波兰社区;(14)教师协会;(15)显克微支中学;(16)《波兰黎明先锋》杂志编辑部;(17)《独立》杂志编辑部;(18)《观点》杂志编辑部;(19)阿什河波兰战争联盟;(20)一面坡波兰战争联盟;(21)横道河子波兰战争联盟;(22)穆棱波兰战争联盟;(23)境外波兰战争联盟;(24)扎兰屯自助小组;(25)博克图自助小组;(26)齐齐哈尔自助小组;(27)安达自助小组;(28)一面坡自助小组;(29)海拉尔自助小组;(30)横道河子自助小组。

1922 年哈尔滨共有 19 个波兰社会团体,分别是:(1)教会理事会;(2) 圣文森特·保禄协会;(3) 波兰基督民主联盟;(4) 波兰红十字会;(5) 波兰家园协会;(6) 波兰青年联盟;(7)显克微支中学及圣文森特·保禄小学监管理事会;(8)显克微支中学家长委员会;(9)拉佐夫斯基家长委员会;(10)阿穆尔省移民工人社团;(11)波兰社区;

波兰代表团成员:波兰共和国赴中国高级代表、法律顾问卡罗尔·宾道尔,代表团副领事康斯坦丁·西蒙诺来维奇,书记卡乌斯季,签证官多布莱斯卡,速记员布鲁舍夫斯卡

（12）铁路工人联盟；（13）波兰工商业促进委员会；（14）波兰音乐协会；（15）波兰战时被驱逐者联盟；（16）俄国学校家长团体；（17）童子军联盟；（18）档案研究委员会；（19）赞助委员会。

1927 年的社会团体有：（1）新市街教会理事会；（2）埠头区教会理事会；（3）圣文森特·保禄妇女大会；（4）波兰家园协会；（5）波兰红十字会；（6）波兰青年联盟；（7）显克微支中学监管理事会；（8）显克微支中学家长委员会；（9）音乐协会；（10）童子军联盟；（11）马利亚守卫者；（12）波兰家园附属小学理事会；（13）哈尔滨波兰执行委员会。

亚洲的波兰媒体

对于每个波兰、西欧或者美国读者来说，能够有内容丰富、形式多样的报纸杂志可供阅读，实在是正常不过的事情了。媒体在这样的环境下，通常容易获得个人、社会组织以及政府机构的支持，所需要考虑的仅仅是内容是否丰富、形式是否恰当。而波兰媒体在亚洲的情况完全不同，谁能够出版杂志，哪里能够印刷报刊，这些都是问题。在亚洲的波兰媒体仅存在于西伯利亚和中国，而所有的出版商，甚至于部分编辑和作者，都十分理想化，不仅不能从中获利，恰恰相反——还需要耗费时间，绞尽脑汁，用自己口袋里的钱去填补损失。

收集亚洲的波兰媒体的资料遇到了前所未有的困难。没有任何人会了解，因为没有任何人关注。

这一切都源于身处海外的波兰人根深蒂固的思想——即使他

们已经在贝加尔湖畔,或者扬子江河口生活了40年,他们还是会选择返回波兰。甚至于他们出生在这里的儿女，除了见过中国人的眼睛和西伯利亚的冻土以外，几乎一无所知，即使在到达祖国以后能够做些什么也全然不知,他们也要义无反顾地返回波兰。

面对这样的想法,对于任何波兰人家中几乎寻不见一份报纸杂志也就见怪不怪了，因为在收拾行囊的时候，这些东西既挤占空间,又无实用价值,实在不如一扔了之。

在当地波兰社会组织的图书馆中,或许还能寻觅到一些被束之高阁的杂志，但它们中的绝大多数都是属于华沙的杂志，想要寻找两本本地的杂志那是绝无可能的。我们不能否认的是，无论这些杂志优秀或是低劣，它们都是研究亚洲波兰侨居地历史的珍贵材料，只有从这些文字间，才能寻找到我们在民族林立的地域上曾经进行过的文化工作,即使仅仅是一星半点的记载。

我们已经尽了最大的努力,但我们依然未能收集到完整的波兰人在亚洲出版的报纸杂志，甚至于所有曾在亚洲地区出版过的刊物名称我们都无法完整记录。唯一对我们给予大力支持的是哈尔滨“满洲”研究协会。尽管波兰民众对此毫无兴趣,但我们终于能根据协会提供的珍贵材料，展现字里行间中激荡出的波兰智慧和思想的火花。

虽不完整,但以下便是协会提供的材料能够呈现的波兰报纸杂志的情况：

(1)《波兰先锋》(周二刊)。1920年创刊；发行17期后,1920年6月18日终刊。

(2)《远东波兰黎明先锋》(日报)。由哈尔滨波兰战争联盟发行,出版商为多布罗沃尔斯基工程师,总编辑则是齐贝德尼奥夫斯基工程师,1918 年 12 月创刊,1919 年 4 月 15 日终刊, 共发行 80 期。

(3)《波兰黎明先锋》(81 期至 247 期)。最后一期由总编辑弗瓦迪斯瓦夫·索尔蒂西卡发行。

(4)《瞭望塔》(周刊)。总编辑是霍曼,1920 年 8 月创刊,1920 年 10 月 17 日终刊,共发行 14 期。

(5)《商业信息报》(半月刊)。由哈尔滨波兰领事馆主办,1922 年 1 月 2 日创刊,同年 3 月 15 日终刊。

(6)《远东》(《波兰周刊》的副刊)。卡齐米日·格罗霍夫斯基工程师任总编辑,1925 年 2 月 15 日创刊,1926 年 11 月 7 日终刊,共发行 30 期。

(7)《工商信息》(《波兰周刊》的副刊,半月刊)。巴纳辛斯基任总编辑,1924 年 8 月 10 日终刊,共发行 7 期。

(8)《波兰亚洲童子军》(《波兰黎明先锋》副刊,周刊)。出版商为扎尔斯基、瓦茨瓦夫·皮奥特洛夫斯基,1919 年 5 月 3 日终刊。

(9)《远东波兰来信》(波兰远东与西伯利亚政治理事会主办)总编辑为霍曼,1917 年 8 月 15 日创刊,1919 年春终刊,共发行 18 期。

(10)《青年思想》(哈尔滨波兰青年联盟主办)。第一期 1923 年 5 月 21 日, 第二期 1923 年 8 月 2 日, 第三期 1927 年 4 月 20 日,第四期 1927 年 5 月 29 日。

(11)《独立周刊》(由俄罗斯与西伯利亚波兰民族委员会主办)。霍曼任总编辑,第一期 1919 年 6 月,第三期 1919 年 6 月 15

日,1920 年 10 月终刊。

(12)《社会关怀》(周刊)。由波兰战争委员会支部发行,1919 年 6 月创刊,共 3 期。

(13)《哈尔滨记忆》。出版商为弗瓦迪斯瓦夫·奥斯特洛夫斯基,工程师格罗霍夫斯基任总编辑,第一部分 1923 年出版,第二部分 1924 年出版。

(14)《波兰中国通讯社》。哈尔滨波兰社区文化教育部出版。扎尔斯基任总编辑,1922 年 4 月共发行 2 期。

(15)《工作》(周刊)。由路德维柯·萨维茨基于 1919 年或 1920 年创刊。

(16)《观点》(半月刊)。哈尔滨波兰战争联盟主办,多布罗沃尔斯基任总编辑,创刊号于 1919 年 5 月 3 日发行,终刊号于 1921 年 4 月 15 日发行,共发行 42 期。

(17)《基督社会运动》(月刊)。出版商为弗瓦迪斯瓦夫·奥斯特洛夫斯基,鲁比奇任总编辑,1923 年 7 月 15 日发行第 1 期,1924 年发行第 6 期、第 7 期。

(18)《波兰周刊》。出版商为弗瓦迪斯瓦夫·奥斯特洛夫斯基,第 1 期(1922 年 4 月 16 日)至第 3 期(1922 年 4 月 30 日)总编辑为扎尔斯基,第 4 期(1922 年 5 月 7 日)至第 11 期(1922 年 6 月 25)总编辑为斯特凡·图罗维奇工程师,第 12 期(1922 年 7 月 2 日)至第 253 期(1927 年 2 月 20 日)及 5 期特刊总编辑为卡齐米日·格罗霍夫斯基,第 254 期至第 267 期由弗瓦迪斯瓦夫·奥斯特洛夫斯基任主编。

(19)《微风》(半月刊)。幽默讽刺杂志,1919 年创刊。

(20)《远东波兰流浪者》(月刊)。哈尔滨波兰社区主办,1922年12月24日发行第1期。

(21)《敬礼!》(日报)。波兰童子军主办,于1923年6月24日创刊。

(22)《朱比利日报》。由奥斯特洛夫斯基神父出版,由哈尔滨波兰移民协会于1925年3月15日创刊,协会主席为弗兰齐舍克·瓦伊德克。

注:我们将部分杂志书目刊载在《观点》杂志1921年4月15日第42期以及《远东之声》1921年9月15日第1期上。

我们在这里并没有罗列在俄罗斯欧洲领土(圣彼得堡、基辅、乌法等)出版的波兰杂志。

在西伯利亚发行的杂志有:

(1)新尼古拉耶夫斯克的《波兰之音》周刊。

(2)新尼古拉耶夫斯克的《波兰军人》。

(3)新尼古拉耶夫斯克的《波兰童子军》。

(以上三本杂志均由波兰第五师在1919年和1920年出版发行。)

(4)1919年12月于伊尔库茨克发行的《西伯利亚周刊》(商业杂志)。

(5)1919年于伊尔库茨克发行的,名称不详。

(6)1919或1920年于哈巴罗夫斯克(伯力)发行的《阿穆尔河畔的波兰人》(共5期)。

(7)1919年12月至1920年3月于符拉迪沃斯托克(海参崴)发行的《波兰之声》。

(8)1919年10月于哈萨克斯坦的库斯塔奈发行的《库斯塔奈

信使》,共 3 期。

还有其他一些杂志曾在中亚和西伯利亚发行，但现在已经很难找到了。

亚洲大陆上发行的杂志众多，然而在遥远的日出之国——充满魅力的日本，还有一本致力于宣传波兰文化的杂志，这本杂志是如此打动人心，就是由波兰救护委员会主席安娜·莱利娃·别尔凯维楚娃女士在东京主办的《远东之声》杂志。第 1 期于 1921 年 9 月 15 日发行，杂志使用三种语言——波兰语、英语和日语，杂志中经常附有丰富而精美的插画，起初为半月刊，而后改为月刊。杂志中曾经刊登过人们救助西伯利亚和中国的波兰儿童并将其送回的事迹。除此之外，这本杂志的目的在于促进日本与波兰两国公民和社会间的相互了解。在别尔凯维楚娃女士于 1922 年 5 月 1 日返回波兰以后，杂志完成了它的神圣使命并宣布终刊，让我们向这本杂志致以崇高的敬意。

卡齐米日·格罗霍夫斯基工程师

尚未完工的哈尔滨新市街教会大楼，照片拍摄于 1914 年 3 月

远东地区的波兰学校

我们可以将远东地区的波兰学校分为两种：一是位于中国境内的波兰学校；二是位于俄罗斯远东省份，例如滨海边疆区、阿穆尔省、外贝加尔省以及萨哈林岛(库页岛)的波兰学校。出于某些原因，我们只介绍位于中国境内的波兰学校——那些我们了解，而现在已不存在的学校。

由于政治或经济上的失败而不得不漂泊至遥远土地上的波兰父母，他们最关心的便是怎样才能用民族语言和文化来教育自己的孩子。第一批于二三十年前到达中国的波兰父母甚至在梦中都无法想象用民族语言教育自己的孩子，因为俄国政府禁止在“满洲”设立波兰学校，甚至禁止人们使用波兰语。家长们自发组成秘密小组，使用从华沙引进的入门课本教孩子们用波兰语读写，而更加贫穷的家庭就只能使用宗教书籍来教育孩子了，这也是唯一使青年一代保持波兰民族性的基础。除此之外，他们还必须将孩子们送往俄国的政府和铁路学校，接受俄语教育，学习伊凡沙皇们的历史。条件较好的父母一般会将自己的儿子送往波兰王国学习，而将女儿送往赤峰、天津和上海的修道院，在那里首先使用英语或法语交流，以便于在未来获得一份工作或者返回家庭以后能够参与到当地的社会生活中。

然而世事难以预测，俄国在日俄战争中的失败使所有人感到震惊。在 1906 年哈尔滨波兰社会组织的记载中，便提到建立学校的必要性。这一计划在 1908 年得以实现——波兰家园协会开始展开工作时，便建立了使用波兰语教学的附属学校。第一任教师是米哈沃夫斯基女士，共有 35 名孩子登记入学。学校至今仍然存在，这就表示，至 1927 年 6 月，学校已经完成了 19 个学年。

四年之后，在圣文森特·保禄协会的倡议下，第二所波兰学校建立了。起初由波兰家园协会附属学校的教师约瑟夫·布鲁泽夫斯基提议，他在获得了代理神父亚历山大·爱斯蒙特的许可后，将波兰家园附属学校的学生安置在神父宅邸中。

这一计划最终得以实现。波兰家园附属学校的部分学生与布鲁泽夫斯基一同加入新的小学，在圣文森特·保禄协会的支持下，学校于 1912 年 9 月 1 日开学并且以其赞助者的名称命名。奥斯特洛夫斯基神父当时正在欧洲休假，在返回哈尔滨后也对新学校的成立感到非常欣喜。

在前两年中，约瑟夫·布鲁泽夫斯基除了日常的课程之外还免费开设私人课程。在第三学年中，奥斯特洛夫斯基神父以教会的名义为布鲁泽夫斯基发放工资，使得他的课程可以正常进行，但仅限于这所学校。

圣文森特·保禄学校接受了铁路学校的一体化进程，虽然是用俄语引进的，但在中东铁路文化部的领导下，可以使用波兰语教学。学校担负的最重要的任务，那便是使青年保持波兰的灵魂和祖先的信仰。孩子们不仅学习波兰语言，同样学习波兰地理、历史和宗教。

第一学年开学时，共有两个年级 30 名学生。在这一学年末，学生人数达到了 40 人，并且为最年幼的学生开设了学前班。

学校在 1913—1914 学年末增加了三年级，1914—1915 学年末学生人数增加到 50 人，并且在中东铁路文化部代表视察时，举行了正式考试，通过考试的学生可以升入铁路学校的高年级（也就是所谓的四年级）或者俄国高中一年级。但是学校还是希望能够让学生在波兰学校中学习，因此在不久之后开设了四年级。学校在 1915—1916 学年开设了五年级，学生人数达到了 84 人，并且有被流放至此的波兰人的孩子入学。

学校从莫斯科引进了教学计划，从中央公民委员会处获得教材。1916 年初，学校迎来了一位非同寻常的客人——中央公民委员会代表巴尔维奇先生，代表慰问了前来迎接的青少年，并给予了他们莫大的鼓励。

在这一学年中，在被流放者中找到了数量可观的合格教师，使得学校完成了转型。高年级的学生独立出去成立了显克微支中学，低年级的依然留在小学。

圣文森特·保禄小学的任务不仅是将小学生送入中学，还教给他们以后再也无法学到的知识。现在学校按照波兰教育部的安排，每年除了将一定数量的学生送入哈尔滨的中学外，在我们返回波兰的同胞的帮助下，也能将一些学生送回波兰的学校学习。

小学的学生数量每年都在增长：1915—1916 学年人数达 101 人，54 名男生，47 名女生；1920—1921 学年人数达 109 人，65 名男生，44 名女生。

时至今日，由于大批同胞返回波兰，孩子们也一同前往，还有一部分学生前往免费的俄国学校学习，学校的人数大大减少了，学校的运转十分困难。学生支付的学费完全无法支付教师的薪资，更不要说燃料、装修、科研补助等费用了。

随着中学的发展，小学校舍的情况变得不容乐观。现在用来安置二、三年级共 50 名学生的教会大厅，照明和取暖条件都很差。西北角安置了 20 名学生的房间冬天非常阴冷。今年共有 73 名学生（39 名男生，34 名女生）。

与其他学校，例如卫理公会教派学校、美国学校、俄罗斯学校以及富裕的铁路学校相比，波兰学校窘迫的现状显得如此刺眼，那些学校都拥有漂亮的校舍，而且完全或者几乎免费。

显克微支中学被安置于大直街 106 号的教会大楼中。大楼经由奥斯特洛夫斯基神父提议，在获得了当地社会的捐助后建成。教会免费为学校提供了这处场所，考虑到当时哈尔滨的居住条件和波兰侨居地的情况，可以说是雪中送炭。

1920 年，监护理事会成立，将圣文森特·保禄小学与中学一起领导。这也是为了将所有的波兰机构和组织统一在波兰的民族与宗教精神下。

所有关注哈尔滨波兰学校发展的人都将理事会的成立视为在

最大范围内动员整个波兰社会的有效方法，并且将这两所学校向所有愿意保护其利益的人开放。为了达成这一目的，监护理事会将所有愿意帮助和教育下一代的协会和个人纳入其组织内。起初加入的个人成员有：地方教会神父、中学校长、两所学校教育理事会的代表、家长协会的主席和三名成员；社会组织成员有：教会理事会、波兰家园协会、波兰社区、红十字会、圣文森特·保禄协会、波兰公寓主管、童子军主管以及五名社会人士，共同参加监护理事会和家长委员会的会议。

监护理事会第一任主席由波兰共和国副领事康斯坦丁·西蒙诺来维奇担任，副领事至今仍然担任这一光荣的职务。

监护理事会的权限延伸至学校的所有行政管理和经济方面。之后学校生活的每一个重要时刻和所有与学校有关的活动，都经由监护理事会批准和决定。监护理事会寻求各种方法为贫困学生免除学费，这一行为也受到了家长委员会的高度评价。

监护理事会的组织结构和活动范围在过去的几年中发生了许多变化，然而理事会一直在照顾我们的学生。

中学的财政收入由学费和补助构成，其中有教堂每月提供的50日元与50墨西哥元（折合近50美元），密茨凯维支文化协会、东京的波兰外交使团、哈尔滨的波兰代表提供的不定期补助，以及监护理事会和家长委员会举办的晚宴和戏剧表演上募集的捐款。

然而为显克微支中学提供最大帮助的是波兰政府方面——宗教与公众教育部，他们永远真诚而仁慈地对待我们的学生。

教育部于1923年9月23日颁布的第5489号决议，使得显克微支中学颁发的证书具有了与波兰国家人文中学证书同等的效力。除此之外，政府还决定在1926—1927学年为三名教师支付工资，并且承诺逐步为其他教师支付工资。看到国家如此重视我们的中学，为我们提供无私的帮助，我们感到十分振奋。

1926—1927学年的教师队伍由以下人员构成：校长——卡齐米日·格罗霍夫斯基工程师（讲授自然与波兰历史）、弗瓦迪斯瓦夫·奥斯特洛夫斯基神父（讲授宗教学）、兹波罗夫斯基神父（讲授宗教学）、尼德洛娃（讲授自然与算术）、布鲁泽夫斯基（讲授历史、地理和俄语）、图凯科索娃（讲授英语）、西蒙曼诺娃（讲授法语）、弗莱恰（讲授拉丁语）、兹沃托其茨卡（讲授波兰语）、莫拉夫斯基（讲授数学和物理）、罗伯特·维热耶斯基神父（讲授自然和星象学）、于什凯维楚夫娜（讲授波兰语）、索伯特凯维奇（讲授波兰语与书法）、维兹苟（讲授俄语）、晁帕（讲授美术）、维辛斯基（讲授声乐）、帕什凯维奇（教授体育）。

显克微支中学与其他哈尔滨波兰学校的主要特点是突出宗教与爱国主义，真诚地对待每一位学生并且了解他们的需求。所有的一切都是为了培养能够在未来为了天主的荣光和民族的利益而奋斗的上帝忠实的仆人与波兰骑士。这难道不是在中国的波兰人为祖国献上的最好的礼物，以及对所有帮助过我们的人给予的最好回报吗？我们应该尽我们所能去培养我们的孩子，让他们有朝一日回到祖国时，不是像一个外国人一样，而是祖国母亲忠诚的儿子。

在一百名信仰天主教的孩子中，特别是和他们的父母居住在埠头区及其附近街区的，95%都是波兰人，然而他们中仅有十分之一到新城区的圣文森特·保禄小学或者波兰家园附属小学就读。其他孩子不得不就读于俄国学校或者东正教会学校，因为距离新城区有将近两千米的路程，能够去新城区学校上学的孩子，都是家庭条件较好的，能为孩子提供衣服和鞋子，孩子在雨雪天可以买车票坐公交车去上学。居住在埠头区的家庭如此贫困，以至于如果我们想要鼓励他们的孩子去上学，那么我们不仅要免除学费，还必须为他们提供课本和练习簿，甚至在数九寒天里给他们一口热饭、一杯热茶和一块黑面包。在这里不得不提起那些在阿穆尔州的被流放者家庭。他们一般都拥有贵族血统，被沙皇流放至此，现在约有几十户这样的家庭居住在埠头区附近的松花江城(即后来定名为新安埠的地区——译者注)。莱舍维茨神父特别为这些家庭的孩子开设了学校，学校就安置在神父的宅邸中，学校于 1926 年 9 月 1 日开学。

现在教会正在努力，希望在神父宅邸旁修建一座能够容纳 40 到 60 名孩子的大厅。然而没有外界的帮助，这一想法很难实现，因为包括教师工资、燃料、教材以及孩子们的伙食费在内，每月的费用都要达到 50 美元。

显克微支中学监护理事会。前排从左至右：兹沃托其茨卡、约瑟夫·布鲁泽夫斯基、亚历山大·爱斯蒙特神父、卡齐米日·格罗霍夫斯基工程师、奥斯特洛夫斯基神父、图凯科索娃、玛利亚·尼德洛娃、玛利亚·西蒙曼诺娃；后排左起：约瑟夫·索伯特凯维奇、约瑟夫·维辛斯基、罗伯特·维热耶斯基神父、莱昂·弗莱恰、亚历山大·莫拉夫斯基、约瑟夫·维兹苟

这些孩子现在面临的是失去自己的民族甚至父辈信仰的境地。

关于哈尔滨以外的波兰学校的历

完工后的哈尔滨新市街教会大楼，现在也是
显克微支中学和圣文森特·保禄小学所在地

史哈尔滨教会都有相关记录。现在我们在黑龙江省仅在阿城（距离哈尔滨40千米）拥有一所学校，在这里有40名制糖厂工人的孩子在学习。制糖厂厂主非常支持办学，为学校免费提供了校舍以及其他必需品，并且每月为所有教师提供75美元的补助。阿城学校的学生每学年末都会前往哈尔滨显克微支中学参加考试。

我们现在没有任何关于俄罗斯远东地区波兰学校的消息。在八到十年间约有30所。其中存在时间最长的是位于萨哈林岛（库页岛）亚历山德罗夫斯克港的本尼奥夫斯基学校。这所秉持着波兰民族精神和宗教信仰的学校由弗瓦迪斯瓦夫·谢尔斯基神父创立，同时他也在这所学校担任教师。日本政府曾为这所学校提供每月40日元的补助，折合每年约240美元。在布尔什维克政党占领了萨哈林岛（库页岛）北部后，学校被迫关闭，所有的波兰孩子不得不就读于苏俄学校。

1926—1927 学年圣文森特·保禄小学集体照

1926—1927 学年显克微支中学一、二年级学生

1926—1927 学年显克微支中学四、五年级学生

1926—1927 学年显克微支中学八年级毕业生

泰奥菲·芭蕾舍夫斯卡现任波兰家园协会附属学校教师，决定前往波兰商学院学习；弗瓦迪斯瓦夫·哈钦斯基，没有关于他的任何消息；耶日·斯基尔加沃，现正在华沙科技大学学习；泰奥多·帕尔尼茨基、康斯坦丁·西蒙诺来维奇现就读于华沙大学波兰语言文学系；斯坦尼斯拉娃·罗斯瓦诺夫娜现任阿城波兰学校教师，决定前往波兰商学院学习；安杰伊·扎尔斯基就读于克拉科夫高等商学院

哈尔滨波兰青年联盟

1921 年 12 月 11 日，在波兰家园协会的大厅中聚集了 26 名青年,根据约什凯维奇先生提出的申请,人们决定成立“波兰青年联盟”，以便于哈尔滨波兰青年自学自助，并规范自身的社会生活。

在约什凯维奇任联盟第一任主席期间,小组成员为了提高青年的自我修养这一最高目标而积极开展工作。为此，他们特别开设了波兰语言与历史课程。课程起初在波兰家园协会的公寓中进行，但由于无法支付公寓的租赁费用，便搬至显克微支中学的教室中。

1922 年,安东尼·奇什其斯成立“戏剧小组”,并且组织成员在舞台上进行演出，使波兰青年进一步认识和了解了波兰语言,以及自己祖国的文学和文化。

青年联盟积极而卓有成效的工作，使得联盟在侨居地获得了良好的声誉,甚至有其他社会团体邀请联盟成员加入自己的组织。

第二任主席莱昂·米霍夫斯基在任职期间，为了使成员能够了解祖国的文学杰作,成立了“文学小组”,并在 1923 年 5 月 21 日发行了报纸《青年思想》的第 1 期,但后来因为缺乏资金而无法继续发行。

1924 年,联盟成员计划将联盟并入波兰家园协会,作为波兰家园协会的分支机构，并且变更自己的章程。波兰家园协会接受了联盟的提议,并且确认通过了新的章程。

自那时起，联盟更名为波兰家园协会青年联盟。新的章程主要有以下几点:自助,自我教育,团结波兰青年,并且积极参与哈尔滨波兰侨居地的社会生活。

并入波兰家园协会也使得联盟获得了不少便利之处，例如可以免费使用宴会厅、舞台以及免费借阅图书等，联盟得以在安全而平和的环境中依照协会章程开展自己的工作。

联盟与波兰的许多青年组织建立了合作关系，除此之外联盟还成立了“东方小组”,其目的是组织所有成员认识并了解中国语言及文化，使得成员可以在未来为祖国带来巨大利益。萨多夫斯基任该小组领导。

越来越多的成员加入联盟，并且积极开展民族文化方面的工作，未来还有更加繁重的工作等待着他们，但每一位成员都怀有希望，他们相信协会的工作能够为祖国培养具有爱国主义品德的社会公民。

天主教在哈尔滨的传教活动

一、西伯利亚主教区

1921年12月1日，教皇本笃十五世将俄罗斯亚洲部分从莫吉廖夫主教区中分离出来，成立新的西伯利亚教区。新教区是世界上面积最大的教区，西至里海与乌拉尔山脉，东邻太平洋，北达北冰洋，南抵伊朗、中亚、“满洲”和滨海边疆区。新教区于1923年2月2日升格成为主教区，卡罗尔·西利沃夫斯基荣升为主教区主教，宗座位于符拉迪沃斯托克（海参崴）。

在一战之前，如此广袤的土地原属于莫吉廖夫主教区，并分为托姆斯基、奥姆斯基、塔什干、伊尔库茨克与符拉迪沃斯托克（海参崴）五个教区，前四个教区接受了“西伯利亚主教区”的名称。现在整个主教区名义上被分为前贝加尔教区与外贝加尔教区，但对于相关的管理人员仍未做出安排，因此主教区依然按照前述形式进行工作。

整个西伯利亚地区面积达 1 300 万平方千米，包括五个区域。宗座设于符拉迪沃斯托克（海参崴）的西伯利亚主教区面积达 960 万平方千米，人口共计 800 万。

由于政治关系干扰了教区的正常工作，并且教宗传道议会在哈尔滨设立办事机构，1924 年 11 月 22 日，宗座确认方济各会修士，曾在汉口工作过 14 年的盖拉德·皮奥特洛夫斯基神父为教区首席。神父于 1925 年 2 月 2 日抵达哈尔滨，刚开始时在显克微支中学教学楼中办公，现在的办公地点位于新世界霍尔瓦特大街 18 号的中央神学院大楼中。

主教区管理局的活动限制了我们为工作在西伯利亚的神职人员提供帮助，以及与他们的一些单纯的宗教交流。1926 年，首席尝试前往自己的教区辖地，但布尔什维克政党坚决不允许。作为神学院院长和教授的首席完全无法按照自己的原定计划开展工作，只能等待未来情势的好转。

二、哈尔滨神学院

天主教堂对自己培养的青年关怀得无微不至，并将他们视为自己未来的神职人员。教皇庇护十世曾不止一次地提到，除了独立的高等神学院外，在中学中也需要建立初等神学院，为教会培养人才。新上任的符拉迪沃斯托克（海参崴）主

盖拉德·皮奥特洛夫斯基，任西伯利亚教区及符拉迪沃斯托克（海参崴）主教区主教

教区主教卡罗尔·西利沃夫斯基也曾尝试实现这一想法，但因为政局不稳而未能实行。直到1921年6月教廷代表光若翰主教抵达哈尔滨，在他的资助下，人们为波兰青年建立了初等神学院。首先援助建立了新教堂，老楼被用来安置神学院，任命方济各会修士毛鲁斯·克鲁格为神学院院长。神学院的历史可以分为两部分：

(一)符拉迪沃斯托克(海参崴)神学院

1921年10月1日，毛鲁斯·克鲁格结束在欧洲的访问行程，返回符拉迪沃斯托克(海参崴)，在返回的第二天便主持了新教堂的落成仪式。工作持续进行，直到11月5日才举行了初等神学院的成立仪式。学院章程由现任主教兼主持牧师卡罗尔·西利沃夫斯基与学生和家长共同制定。学院在11月的第一个周五开学，院长在第二个周五为神学院举行了耶稣圣心瞻礼。这一年共有12名毕业生，三名年纪较长，其余皆为青年。在新学年中，院长为所有学生举行了他们人生中的第一次冥想仪式，给所有人都留下了深刻的印象。教学在众人的担忧中进行着，因为布尔什维克政党随时可能进驻符拉迪沃斯托克(海参崴)并且中断教学。感谢上帝，直到学年末学院的教学都没有受到来自政治方面的干扰。10月25日，布尔什维克政党正式接管符拉迪沃斯托克(海参崴)，但也没有对学院工作进行干涉。

然而在1923年的第一天，布尔什维克政党便颁布了与所有高等学校有关的法令，要求关闭所有的私立学校和教会学校，关闭神学院，并将其财产国有化。鉴于此种情况，主教、院长以及领事召集所有教师和侨居地人员召开了会议，在深入讨论之后决定关闭神学院，并将学生遣散。特别是其中年长的三名——马特乌什

哈尔滨神学院

卡、马秋莱未查、萨莫伊维，整个神学院对他们寄予了殷切的希望，但未来完全无望，只得为他们办理了护照，并将他们送往位于中国境内的哈尔滨，彼时哈尔滨已经建立了波兰中学。

事情进展得十分缓慢，直到3月，上文中提到的那些学生才获得了护照，得以从布尔什维克政党控制下的俄罗斯前往哈尔滨。与此同时，神学院院长前往上海，希望与教廷代表策尔苏斯·康斯坦丁主教会面，希望获得他的意见和建议。因为代表已经结束了在中国的第一轮宗教会议，前往汉口了，所以院长也不得不前往汉口。在汉口对事件进行充分的调查后，院长决定前往山西太原完成自己的使命，在太原等候进一步的命令。学生们到达哈尔滨后，暂住在奥斯特洛夫斯基神父的宅邸中，并就读于显克微支中学。

两个月之后的8月，教廷代表传召毛鲁斯·克鲁格神父及其他神职人员前来“满洲”，讨论关于在当前政治环境下在哈尔滨建立神学院的可能性。

1923 年，教廷代表亲自前往哈尔滨，与符拉迪沃斯托克（海参崴）主教区的西利沃夫斯基主教进行商讨。在隆重的欢迎仪式后，双方决定重新建立神学院，并且继续以毛鲁斯·克鲁格神父为院长。神学院被安置在租赁的公寓的一层中，神学院初次开学共设置了八个年级，以便于所有的学生都能被妥善安置在适当的院系中。

代表离开后，学院于 11 月 15 日开始教学，但当时只有四名学生。在新上任的主教到达符拉迪沃斯托克（海参崴）后，许多男青年得知神学院重新开始授课，他们表示愿意就读于神学院，但申请护照穿越国境实在是太困难了。与此同时为了扩大教室，神学院正在进行装修，面对现有的狭小教室，神学院只能招收五名学生。

1924 年年初，又有数名来自哈尔滨的青年报名入学。就在同一年中，神学院依然在公寓狭小的房间中教学，尽管有诸多不便，但也无人奢望能够拥有新的教室。人们向耶稣的圣德兰祈祷，希望能赐予他们新的教学场所，并且召唤有志青年前来学习。她的画像被安置在耶稣圣心像旁，一同接受祈祷。

（二）中央神学院

1924 年 2 月 1 日，我作为西伯利亚教区首席抵达哈尔滨。西伯利亚教区的设立与符拉迪沃斯托克（海参崴）主教区相同。在经过北京时，教廷代表嘱咐，尽力为神学院寻找一处合适的场所，用以安置学生，还说现在这所神学院不仅服务于符拉迪沃斯托克（海参崴）主教区，同样也为西伯利亚教区服务；同时呼吁西伯利亚地区所有的神职人员，挑选合格的，并且有志于成为神职人员的青年男子前往神学院学习。但出于某些原因，呼吁未能达到预期的效果。也有牧师尝试过，但无一例外都遇到了极大的阻力，这些困难无法解决，目的也就无法达成。虽然这份希望极其渺茫，但是我们仍然抱有乐观的心理，希望能够有人可以成功，。我们现在所能期盼的也就只有这些青年并尽可能地照顾和教育他们。

然而我还有寻找新场所的使命。如果资金充裕的话，这当然不是一件难事，然而难就难在没有资金，教廷传信部的资金还未送达，或者有可能根本从未寄送。为了筹集资金我绞尽脑汁，甚至尝试从个人手中借款，然而他们也爱莫能助。他们向我建议，可以去银行碰碰运气，这不用他们建议我也知道。我无法忍受的是除了要付高达 11%的利息外，还要将房产抵押在银行名下。最终我向一位中国的神父朋友发电报求助，从他那里借得了 25 000 墨西哥元。整件事情持续了数月之久。

我们本来已经找到了一所房屋，但里面住着一些医院的病人，我们知道不经过法院的调解，这件事情无法解决，于是我们放弃了这个打算。在 11 月底，我们找到一处不错的房屋，最终花费了 30 000 日元，折合 27 000 墨西哥元买下了这座房屋。在当时的哈尔滨买下这样一座房屋是十分困难的，因为其中很多其实已经被抵押出去了，非常容易被骗。我们认识一位购买过房屋的天主教徒，在他支付了房款以后的一年中，房主都没有从房子里搬出去。我们最终将其装修一新，然后于 12 月 31 日搬进了新房。感谢圣德兰的庇佑，让我们在新房中度过了 1926 年的新年。

现在我已经有点忘记神学院的内部事务了。去年 5 月，两名学生结束了哲学课程后前往卢布林学习神学。除此之外，还有一个中学生在毕业后表示愿意来到西伯利亚教区，因为他在这里出生，并且未来想在这里工作。在6月底的本学年末，学生人数仅有七名。在9月的1923—1924学年初，有四名新生入学，我们的学生人数扩大至十名，对我们而言，神学院的教室也太过狭小了。本年年底，学生人数又变为了八人。

12月23日，保林·威尔钦斯基神父为帮助神学院抵达哈尔滨。借此机会，教廷代表于1月8日发布命令，希望神学院学生可以自学，而不必前往中学。而我们于1926年2月1日在新教学楼中开始了教学。与此同时，考虑到政治原因，西利沃夫斯基神父无法行使自己的权力，于是任命我为神学院正教授。教授队伍由三名神父和两名普通中学教师组成。但不久之后毛鲁斯·克鲁格院长便生病了，不得不前往威海卫疗养。由于他已经无法再担任此职务，便于5月30日前往欧洲休假了。保林·威尔钦斯基神父接替了他的职位。

所有的学生在一学年结束后需要在中学进行考试，除了一名学生没有通过，需要补考外，其他人都通过了考试。如果补考还不及格的话，我们只能将其开除。

在休假期间，我决定扩大学院的学生人数，因为在哈尔滨能够招收的人数并不多。打定主意后，我便和亚历山大·爱斯蒙特神父一同沿铁路线到各处有波兰天主教徒聚居的地方寻找。上帝保佑我们的计划，我们在一面坡找到了四名愿意在神学院学习的合格候选人。也有其他人表示愿意加入，但因为年龄太小而被我们拒绝了。

1926—1927学年开学时，除了四名年龄较大的男生外，还有八名新入学的学生。开始教学前我们首先进行了一天的冥想活动。正式教学于 9 月 2 日开始。在第二年中，除了两名我们的神父,还另外邀请了两名教授。学生分别属于一、二、四、六年级。

学生们依然还很年幼,需要我们照顾,帮助他们成长。虽然常常遇到困难，但仁慈的上帝在冥冥之中主导着一切，我们也对这些学生寄予了殷切的希望。

但与此同时,我们也感到人手不足,没有牧师在课上和课余时间照顾学生们。5 月,我向修道院院长写信并提出请求,院长没有丝毫犹豫,便派遣扎哈里雅什·巴纳西前来。我们自年初就在期盼着他的到来，然而由于各种手续上的问题，他在最终获得了布尔什维克的签证后,经过 12 天的旅程,穿越西伯利亚,于 11 月 8 日抵达哈尔滨。自那时起，我们对神学院学生的照顾便更加细致了。

1927 年初,对我们来说几乎没有任何变化。在初等神学院中共有 12 名学生,三名在卢布林学习神学。那么是否有希望进一步增加学生人数呢？这个问题,需要我们认真考虑。在整个哈尔滨地区可以说是完全没有这种希望的。虽然在哈尔滨的中学有数量可观的青年,但我们是完全无法指望他们的。也会有维克多·加特里克这样的例外，他在高中学习结束后决定前往卢布林学习神学，但这样的特例肯定不会很多。造成这种情况的首要原因是中学的教学理念问题，甚至我们的教授也认为这是不利的，但考虑到运转这两所机构造成的资金不足和他们所谓的青年数量不足，我们也不得不容忍。

第二个原因则是学生的父母强烈反对自己的孩子成为神职人员。他们对神职人员所必须遵守的清规戒律感到恐惧。在他们看来，神职人员日复一日的规律生活会抹杀孩子的创造力。

第三个原因是戒律松弛的俄罗斯东正教会在本地也有着举足轻重的影响。我们也明白，哈尔滨位于边境之地，会受到多民族和多种因素的影响，而其中俄罗斯人经常从中作梗，挑衅生事。

第四个原因则是欧洲文化在远东地区的影响不断扩大，自由主义风气几乎主导了整个地区。我们可以清楚地看到，无论是在汉口、上海还是哈尔滨，互相之间的差别都不是很大。我们深知，波兰人要比其他民族的人更加虔诚地守护着我们祖先的宗教，然而我们已经丢失了许多传统的对宗教的热忱。

综合以上几点原因，我们也就不难理解为什么我们的青年不愿意致力于为最高的理想和上帝的荣光而工作。因此，神学院未来的工作将遇到很多困难，并且以现在的人力、物力的投入程度，根本不可能奢望做出任何成绩。

上文中提到的这所神学院，它的建立既非出自波兰人的首创，也没有收到任何来自波兰国内的援助，它的存在完全要感谢仁慈的天父，他将数十万波兰天主教徒的苦难都看在眼中。波兰政府在签订了《里加和约》后，无论苏维埃政府支持与否，依然不管不顾那些被流放的波兰人。所有被放逐至西伯利亚的波兰天主教徒都会终生铭记教宗的恩情，是教宗惦念着他们，关心波兰青年的成长，提供无私的帮助。波兰政府甚至没有给过我们一分钱的援助，依然是我们的神父，兢兢业业地为了我们的宗教和民族而工作。这件事情需要被公正地对待。

(三)老哈尔滨的方济各会福利院

在远东共和国被苏维埃并入以后，俄罗斯的移民浪潮便席卷了整个“满洲”，最大的俄罗斯人聚居地一般分布在中东铁路沿线，哈尔滨则是这些聚居地的中心。对于数量不小的波兰人来说，也承受着极大的痛苦。面对无所不在的贫困和物资匮乏，一些富裕的俄罗斯家庭开设了福利院和孤儿院，帮助那些贫穷的孩子。

在这些人中最值得我们感谢的便是仁慈地帮助俄国人的中国海关负责人的夫人——德安琼女士，她于1921年在哈尔滨老城区开设了福利院，帮助那些被遗弃的孩子，并选择了一名俄国人作为这个慈善机构的院长，她熟悉自己的母语并且能够像母亲一样照顾这些孩子。在开门的第一天，不大的福利院便收容了56个孩子，有男孩也有女孩。在这群孩子中有许多个波兰儿童，他们不得不前往东正教教堂，遵守东正教的教规，而且连他们的精神导师也是东正教牧师。他们不仅失去了自己的祖国，现在连信仰也要被夺走了。天意从来高难问，但我们相信上帝无论现在还是未来都在保佑着他们。然而考虑到现实原因，情况不容乐观，因为大部分移民对于天主教衰落的势头无法做出任何回应。这对于我们的信仰来说是一个非常严峻的考验。

德安琼女士没能实现自己的最终目标，她决定要随自己的家人返回法国，但她又不愿意完全放弃这所福利院，于是她便试图寻找能够接手这所福利院的机构和个人。她非常担忧这些孩子的前途和命运，于是向人道主义组织寻求帮助。遗憾的是没有机构愿意接手，因为所有的组织基本上已经自顾不暇。情急之下，她向本国的领事提出了请求，领事建议她向位于傅家甸的方济各会提出请求。而这一想法转变成了拯救天主教徒的行动，并且作为范例为帮助其他人指明了方向。

与此同时，一位活动范围主要在蒙古和“满洲”的女修道院院长表示愿意帮助她解决这一难题。在院长签订完协议后，所有的事情终于在 1924 年 2 月 1 日尘埃落定，福利院中的孩子现在全部交由修道院照管。到 4 月 8 日，也就是在两个月中，五名修女进行了高尚的工作，其中有一名修女是波兰人，能够熟练地运用俄语。在如此之短的时间内，修道院就使一名波兰修女熟练地掌握了俄语。直到 1925 年 2 月 2 日，她们都服务于圣斯坦尼斯瓦夫教会和毛鲁斯·克鲁格任院长的神学院。

在接收福利院之初，方济各会便计划向两个方向发展：一是建立一所仅收容女孩的福利院；二是尽量避开东正教会的不利影响。第一件事情还得俄国人帮忙，他们非常爽快地答应了，并在同年末带走了三名男孩，另外三名女孩填补了他们的空缺。只有三名有着良好技能的男孩留了下来，本来打算将他们送往天主教会学校照管的。其中一名在神学院学习，另一名回到了自己的亲戚处，然而还有一名也就只有天晓得他在哪里了。

哈尔滨神学院学生，中排多为教授，从左至右依次为：扎哈里雅什·巴纳西、副校长保林·威尔钦斯基、盖拉德·皮奥特洛夫斯基、维托尔德·兹波罗夫斯基以及一名学生

对于东正教牧师来说，这件事情更加困难，然而修女们的耐心等待终于有了结果。牧师每周来上两次宗教学课程，而修女们只接受

那些父母不反对天主教教育方式的孩子。其余的礼拜等仪式均由自己完成，她们也不愿意接受东正教。事件持续了整整一年，在1925年一年中，即使东正教牧首多次干涉也无济于事，完全遵守东正教戒律的孩子也越来越少了。在1926年，两个发展方向所遇到的困难被成功避免，我们的工作也逐步加快了步伐。

三、方济各会修女在哈尔滨老城区救助贫穷孤儿

方济各会修女们接手的德安琼女士建立的福利院中的孩子们居住的房子是铁路的。大家知道，铁路是归苏联和中国共同管辖的，但是这是慈善事业，苏联人不想涉足，而且所有权也不确定，所以福利院与修女们很安定。政府甚至常常给房子进行修缮和改造，之前还免费提供木柴，但是后来停止了。关于院内孩子的生活和去向，他们从来不管。修女们，作为传道士，受法国和其他的教会机构保护。

福利院只能容纳有限的儿童，大约40人，但是看到大量的穷苦人没有任何出路，福利院出于人道主义精神，被迫接收更多的儿童。现在儿童数量超过50人。这些孩子都很小，不能通过工作养活自己，修女们坚信上帝的意志，因为他不会抛弃孤儿们，她们相信会有捐助者提供帮助的。所有的人都遭受着贫困（在铁路上工作的苏联人和中国人除外），常常感到物资匮乏。

这些儿童中有几个波兰女孩，因为没有专门接收波兰孩子的寄宿学校。在哈尔滨的确有一个波兰孩子的寄宿学校，然而那些比较富裕的人回国后，这个学校勉强维持生活。所有的学生在小学都是

位于老哈尔滨的方济各会福利院

接受俄语授课，只有少量的法语课。在这个教学大纲之外，波兰儿童才能学习祖国的语言。很遗憾，但事实如此。大家都期望建立一个波兰孩子的寄宿学校。

俄国儿童经父母的同意开始参加希腊—斯拉夫天主教活动，没有人强迫他们，而是他们的父母前来观看修女们举行的弥撒和仪式后，允许孩子们转向天主教，或者不出面阻止他们。有一个小故事反映出他们的行为方式。开始时，女孩们愿意去没有修女的东正教会。结果怎么样呢？这些女孩们说，第一个礼拜神父说支持统一，而第二个礼拜又说反对教皇，好像谁都是罪魁祸首。这样的方式女孩们都不喜欢，她们就再也不想去东正教堂了。看到小孩们经常成群结队地来参加圣餐仪式，修女们高兴极了。在救世主的感召下，她们的父母和亲属也都成了天主教门徒。

方济各会福利院中收养的孩子

教会的总负责人、主教是由驻中国的代表康斯坦丁任命的奥格拉尔德·比德罗夫斯基。这项崇高的事业在三年中经历了许多困难和迫害，然而为了上帝的荣誉和兄弟的友爱，这项工作在困难中发展和壮大。按上帝的旨意，将种子撒进人们的心灵，一定会收获丰硕的果实，以基督教的榜样和热情给青年人指出教会统一的道路。

四、东仪天主教会的诞生

俄国沙皇被打倒之后，东正教会就失去了自己的头领，因此俄国的教会出现了精神上的崩溃。这时滋生出形形色色的教派，出现了一个名叫“真正的东正教”的教派，布尔什维克政党为了制造更大的动乱和精神上的瓦解，开始运用各种手段支持它。东正教会的神职人员时不时地从这个或那个教会里转到天主教会，因为许多人都知道在那里有抵抗各种邪教的精神支柱。人们对回归西仪教会并不怀有敌意。

在哈尔滨这个中东铁路旁的中心城市，有成千个来自俄罗斯的移民。奥斯特洛夫斯基神父早就开始宣传合并两个教会（拉丁和希腊）的思想，而第一个提出并捍卫这一思想的俄国人是奥康斯坦丁。他是一位受过高等教育的学者，全心全意地为神的事业献身，热情地宣扬真理的箴言。不幸的是，他于 1925 年 5 月 17 日逝世了。然而他的思想和计划已经灌输给了自己的父亲，同样是东正教神职人员的奥杨。儿子的死深深地震撼了他，儿子生前没有做到的事情，他决心来完成。1925 年主显节之际，奥杨转向天主教，他站在天主教堂的圣坛前，在拉丁教派神职人员的陪伴下，按东方礼仪做了弥撒。站在圣坛的台阶上，面对着无数的民众，他高声地宣布了自己的信仰。这时，所有希望两个教会早日合并的人由衷地高兴。

这个时候，疾病慢慢地削弱了他的健康。6 月，他不得不做了手术，然而手术并不成功。他从医院返回到钟爱的教会，可是他再不能到圣坛前供奉祭品了。

8 月 27 日，人们为他举办了圣礼，进行了最后的祈祷，似乎他还在等待圣母的到来。他真的在第二天早上 7 点钟，在 1925 年圣母升天瞻礼向圣母奉献了自己的灵魂后，才告别这个世界，去领取永恒的奖赏。

奥杨的葬礼是一场声势浩大的宗教游行，参加这个葬礼的不仅有两个教会的神职人员，还有众多的东正教神职人员。他们倾向于回归一个真正的教会，可是又不能行动。但是在这个时候，无论是什么理由，他们都成了公开的天主教信徒。葬礼的仪式由奥博利斯托米才夫主持，他是由天主教会驻中国的代表吉埃派来接替死者的职位的。

哈尔滨从来没有过这样大的宗教游行，游行给所有人，包括不是天主教信徒的人，留下了深刻的印象。俄国报纸用很大篇幅报道了这位神父的死和葬礼。

在此之后，东仪天主教会由奥博利斯托米才夫主持，从 1925 年 8 月 15 日至 1926 年 4 月 14 日。他是一个非常有能力的人，但是他患有严重的神经系统疾病，不得不到北京去治疗。接替他的位置的是扎哈留什科瓦罗夫，他至今仍在主持这个教会。

这个小教会团体一直期待罗马方面派来主持，很遗憾，一直没有人到来。掌握这个教会命运的上帝，一定会发慈悲，派来思想伟大、热心事业的牧师，一定会坚持和发展这场运动。

“满洲”研究协会

“满洲”研究协会——哈尔滨

“满洲”研究协会（当时中国官方正式称呼为东省文物研究会——译者注）是一个国际组织，在行政和发表学术研究成果等方面内部使用的语言是汉语、俄语和英语。在与外部的交往中除了上述语言外，协会还使用德语和日语。协会成立于 1922 年。

谁要是走进这个具有十几个大展厅和许多放满各种珍贵藏品的小房间的建筑，就会认为，这是博物馆、图书馆等，一定会觉得，是不寻常的人或高尚的贵族们赞助了这个协会，奉献了自己的财富，或者争取来基金，并全部交给了这个组织，使这个组织现在开始了对于科学研究具有特别重要意义的活动。事实却不是这样的。这个协会的倡议者，确切地说是协会的缔造者，是米科瓦依·科日明先生。他是沙皇时期的政治流亡者，是一个朴实、贫穷的人，喜爱研究人种学。是他第一个召开会议并组织了协会，协会成立的第一年对于他本人和几个支持这个方案的单位来说是背着十字架行路。无论是科日明，还是几个支持在哈尔滨建立科研协会的人，开始时不得不忍受大量来自高官显贵、伪科学者和投机者的刁难。他们盛气凌人地蔑视，甚至讥讽，这些人根本就不允许人们有建立这个新的具有庞大计划的研究机构的想法。协会被迫游走在各种角落和夹缝中，科日明先生和他的三四个最积极的合作者，被人看作是怪人和疯子。可是当初那些将建立研究协会的想法视为玩笑的批评者和嘲弄者，现在总是骄傲地说："是我们努力的！是我们建立的！我们的博物馆在1926年有40 973件展品，图书馆有6 018册科学书籍，年收入增长至27 175日元……"

研究协会除了博物馆和图书馆之外，还有许多研究"满洲"和蒙古的部门，它们不仅从事科学理论研究，也从事实用科学的研究。其中最重要的有：1.动物和植物部；2.地质和地理部；3.医学和兽医部；4.历史和人种学部；5.考古学部；6.语言学部；7.贸易和工业部；8.中国法律部；9.地方出版部；10.养马部，等等。

除此之外，研究协会在松花江上办了一个"生物站"，在哈尔滨建立了"植物园""黄豆加工实验站"，在"满洲"和蒙古组织了科考活动，等等。

非常遗憾的是，哈尔滨的波兰人对这个机构的有益活动不感兴趣。我们每一个想工作、想在中国挣到饭钱的人，如果能参加到这个研究协会的某个部门做点工作，那么他都会开阔视野，增加理论和实践的知识。我们应该这样做是因为研究协会的成立和工作的开展，对波兰的工作起到了很重要的作用。从根本上来说，如果没有关于波兰文化在远东传播的资料,本书肯定是无法出版的。这些资料正是研究协会从我们波兰同胞手中挽救出来,并收集在研究协会中的。在本书中,我原打算编写亚洲的波兰文献目录(在亚洲出版的波兰书籍和小册子的目录),但是我无法完成这件事情,原因很简单,“满洲”研究协会的图书馆中亚洲出版物部分还没有完成。所有在亚洲出版的波兰书籍和小册子(杂志除外)超过 220 种。但是在这里的波兰协会和有关机构的图书馆中能找到的出版物不超过 30种。过去波兰的出版物有很多,但是有的社会组织(就是这里的波兰协会)的收藏工作不均衡,这要看这个组织遇到了一个什么样的主管或者领导。有的领导怀着崇敬的心情收集和保存这些出版物,而另外一些领导却让人将这些出版物放进仓库,或者按重量卖给中国人当食品包装纸。就因为这样,在哈尔滨的许多波兰协会和组织丢失了大量的文献, 其中有一些波兰协会的周转资金高达几十万美元。丢失的文献有童子军的缔造者写的遗言,1918 年 1 月 18 日发表的《霍尔瓦特将军政府宣言》《致波兰人》和其他许多具有历史意义的文献。如果没有“满洲”研究协会收藏的资料,我们就不可能了解我们侨民的情况,甚至不知道我们这本书中所涉及的内容了。

很有必要为此制订一个计划,目的是促进“满洲”研究协会的发展,努力为博物馆、图书馆购买和设立独立的书柜,收藏所有波兰的定期出版物、书籍、波兰协会的档案,以及其他有关波兰文化在亚洲传播情况的纪念文献, 这些文献还有可能从各种地窖、阁楼和废品仓库中被找到,并被抢救出来为我们的后代所使用。

工程师卡齐米日·格罗霍夫斯基

阿　城

阿城是"满洲"北部地区最有意思的地方。它对于长年居住在哈尔滨的波兰人和俄国人来说是陌生的。但是每一个有知识的人都应该对这个地方感兴趣，这个城市虽然没有上千年的历史，但是在中国起着很重要的作用。

阿城位于阿什河(松花江右路的支流)左岸，距阿什河火车站2千米，距离哈尔滨30千米。这个城市有久远的历史。从中国的年鉴中我们得知，女真族建立的"金"朝，在公元1115年建立了一个城市，它的古老的名字为"会宁"。这个城市是一个大大的长方形，南北长3.7千米，东西长1.55—2千米，总面积大约为6.65平方千米。城市四面环绕着高高的护城墙。

在护城墙内建有房屋、宫殿、庙宇等。现在这一切都不存在了。在城的西南部有一座高高的土墩。这是城堡的废墟，上面堆满黄土，长满野草。现在这里有中国人的土地、园林和住房。人们在耕地、修理园林的时候常常发现公元712至1189年铸造的青铜、紫铜和黄铜制品以及古币，还有近期的，公元1667年之后制造的。在护城墙和沟壑之外的地方，还有两个大的土岗。据说一个用于检阅军队，另一个用于处罚罪犯。

围绕这个古城的护城墙保护得很好。护城墙的高度在很多地方达到5米。每隔100米的护城墙上就有一个塔楼的遗迹，这些塔楼使这个防御工事看上去坚不可摧。护城墙上有许多城门，是用被太阳晒干、外层烧成深灰色的砖砌成的，每块砖的尺寸为31.5厘米×19厘米×6厘米。

在公元1115年，这个城市成为中国“金”朝皇帝的三个首都之一。119年之后，也就是1234年“金”朝灭亡，中国的政权落入蒙古族的“元”朝手中，这个城市不再是中国皇家的首都，并逐步开始走向没落。直到1726年，中国政府在这个古老的、已经不存在的城市的旧址上建立了新的城市，名字叫“阿勒楚喀”，于1909年设阿城县，它一直存在到现在。

在阿什河附近最有意思的建筑是佛塔(寺)，其中一部分是18世纪初建成的。中国的专家认为，它们对于中国人研究文化和宗教很有意义，非专业人员也会被它们的建筑风格和美丽独特的外观吸引。

现在阿城是非常活跃的商业中心。1908年建立的糖厂对这个城市和周边地区都具有很大的意义。这家工厂是由来自卢布林的地主建立的，属于总部设在华沙的股份联盟，创业资本为1 000 000卢布。

糖厂的设计由华沙的博马和什伐德公司完成，设备由莫拉车夫斯基先生提供，住房由西维尼亚尔斯基先生建造。这些住房就像是“军营”，是模仿加尔波夫糖厂（位于卢布林省）的建筑。

很难想象哪一个工程师或企业家为管理人员和技术工人建造住房是做了一件愚蠢的事情，就像阿城糖厂一样。在许多工厂里人们都希望工人们每一家都能有独立的、带小院子的住房，能够保障一家人舒适、独立的家庭生活。显然与大家的想法不同，糖厂厂长为各家修建了一个庞大的“军营”。在这里，工人们在狭窄和简陋的条件下与妻子、儿女度过了许多年一半像集体宿舍一半像大车店的生活。所以不足为奇的是，许多在这个军营里生活过多年的人都觉得，在外面比在家里好。

第一次制糖生产是在 1909—1910 年的冬季，在工程师安冬尼·奥拉钦斯基的领导下进行的。第二次生产应在 1910—1911 年，然而因为爆发鼠疫而停止。因为缺少工人和煤炭，糖厂三次停产。一半的甜菜腐烂了。1911 年马林·格瓦尔托夫斯基先生接任糖厂厂长，一直到 1921 年。后来米科瓦依·科萨克夫斯基先生接任了厂长一职。他将糖厂卖给了卡汉先生，这样工厂就到了外人的手里。糖厂旁建立了炼油厂。两个工厂都有与火车站相连的轨道。厂区内建立了酿酒厂，利用废蜜生产酒精，日产量可达 3700—5000 升。

糖厂建立在归中国东部铁路所有的土地上，糖厂付给铁路租金。糖厂厂房所处位置很低，周围都是湿地和沼泽。

甜菜是由中国人种植的，可他们不太了解种植技术。这里的土壤其实很适合这一作物，这里生长的甜菜含糖量与乌克兰的甜菜一样。由于使用平面犁，以及中国人不了解这种植物的种植技术，因此收成一般，每垧地产量为 6 500 千克。

工厂每年生产 100 000 普特（1普特=16.38 千克——译者注）糖，实际上达到了 50%。所有的产品主要在“满洲”市场销售。所有的管理人员和技术工人都是波兰人，其余的是中国人，现在慢慢开始招收俄国人和犹太人。这家企业可以说是一个很好的典范，证明波兰的技术和企业甚至可以在遥远的国家取得积极和丰厚的成果。令人感到遗憾的是，工厂被卖给了外人。今年这里还有许多波兰的家庭，所以厂长卡汉先生认为自己有必要出资维持波兰学校。

应该提到的是，在阿城有法国传教士主持的罗马天主教会。在这个城市里有 300 多个中国人与波兰人一起在糖厂工作，他们是很重要的力量。

值得一提的还有，在阿城的东南部发现了镭的踪迹。在阿什河—肖林的铁路线南是“太平岭”小山脉，主要是花岗岩。一位冶金工程师取了含两种云母（黑云母和白云母）的花岗岩做实验，结果显示这块矿石中含镭。这个矿床至今尚未被勘探。

另一个矿床是石煤，在阿城东北部 12—14 千米处，宾县方向，紧邻大吴镇，至今尚未被勘探。

海拉尔

关于巴尔嘎地区重镇的专论(蒙古)

海拉尔市是中国东北地区继哈尔滨之后的第二大商业地区,白人居住的数量也仅次于哈尔滨。海拉尔距西伯利亚边界[哥萨克村,褚卢哈依图,额尔古纳河边,萨巴依卡利亚省(外贝加尔)]100千米,东边距满洲里车站188千米,西边距哈尔滨748千米。俄国人,还有波兰人认为海拉尔和它的周边地区属于满洲里。实际上它是被称为“呼伦贝尔”或者“巴尔嘎”独立地区的首府,几百年来这里一直有独立的政治生活,只是最近才置于中国政府的管辖下。巴尔嘎位于西伯利亚边界、兴安岭山脉和哈拉哈河之间的三角地区。在近百年间海拉尔几次被蒙古交到俄国手中,又被返还。直到1735年,中国政府为了在满洲里和萨巴依卡利亚(外贝加尔,属俄国)之间找到落脚点,决定建立海拉尔市以巩固自己的影响。

海拉尔市建立在绰尔河的左岸,在海拉尔河(俄国人称其为额尔古纳河)出口上方4千米。海拉尔市呈四方形,四周城墙围绕,有四个城门可以入城。四个城门在四个方向:北门、南门、东门、西门。最重要的是北门,总督和其他贵宾隆重入城走北门。1920年,这个城门上挂过大木笼子,里面展示着砍下的罪犯的头颅,以警示他人。但是很快城墙里的地方就不够用了,所以许多建筑,如政府办公楼、寺庙等,开始建在城墙外。

中国政府在1735年选择这个地方建立重镇的原因我们不得而知。但是可以估计到的是,这个地方在很久以前就是经商和行军的必经之路。在现在的海拉尔市附近发现的,不知是何种民族建立的古老城市的遗址就可以证明这一点。这个古城位于海拉尔河的右岸,在现在的海拉尔河下游15千米。古城的遗址距河床200米。古城四周建有城墙,呈正方形,边长300米,北墙和南墙有入城的大门,门前筑有半圆形的路堤,为了防御敌人入侵,所以入城必须走边路。在城墙里面有房屋,其中留下最明显遗迹的像是政府的房屋,或是寺庙,面积为225平方米。这个城市是何时建造的,哪个民族在这里居住,都不得而知。考古人员还没有来过这里。

记述海拉尔成立以来发生的所有的政治事件需要太长篇幅。我们不谈150年前的,而是从1897年谈起,这一年中在海拉尔第一次出现了一个技术专家小组,他们为建设中东铁路做勘探。这条铁路将以最近的路线通过中国领土连接赤塔(萨巴依卡利亚,外贝加尔)和符拉迪沃斯托克(海参崴)。

铁路线距海拉尔市1.5千米。建筑铁路的过程中,工程师遇到许多麻烦,因为铁路必须经过海拉尔市旁边的松树"圣林"。按风俗习惯,"圣林"是谁也不能动的。但是俄国人花了大把的钱,无论中国人如何反对,大片的树木倒在了外来者的斧头下。部分"圣林"一直保留至今。1900年,在这里发生了与装箱工人的冲突。作为纪念,人们在海拉尔东30千米的地方为死去的俄国士兵竖立了纪念碑,其中包括许多波兰士兵。1900年导致与装箱工人冲突事件的另一历史事件是,俄国铁路工人掠夺并摧毁了建于1803年的美丽的佛教寺庙"安班素美"(音译)或称"楚楚素美"(音译)。

1902年在海拉尔,大概在整个满洲里都发生了霍乱传染病,因此部分工人死于传染病,部分工人跑了。

1903年铁路完工。火车第一次从圣彼得堡或华沙一直开到太平洋彼岸。过去海拉尔市是来自巴依卡利亚的俄国商人和来自满洲里与蒙古的巴尔嘎商人聚集的商贸中心,而从这个时候开始,海拉尔的意义更强了。海拉尔成为蒙古巴尔嘎产品出口海外的中心城。这里集中了大批羊毛、骆驼毛、马鬃和皮革。海拉尔市场上的皮货有紫貂、红狐、灰狐、松鼠、浣熊、西伯利亚貂、水獭、旱獭、狼、熊、兔等。成千上万的活的和被宰杀的牛与羊从这里被运到哈尔滨和其他地方。因为巴尔嘎有

沈神父、巴尔虎旗地方长官及其幕僚,照片拍摄于1915年沈神父访问海拉尔教区时

许多大湖,“达拉依布依尔”(音译)、“奥尔顺”(音译)和“哈拉哈”(音译),在这些湖里有大量的鲤鱼、鲑鱼和鲫鱼等,在额尔古纳河里有鲟鱼,所以冬季大量的冰冻鱼从这里运出。海拉尔南的湖里出产盐和碱。木材工业集中在两个林场,各属于舍夫车克先生[“哈米庭伯”(音译)公司]和沃龙朝瓦先生。因为矿山工业发展得较晚,所以对城市的发展没有影响。俄国政府在这个地区有着巨大的影响力,直到1914年俄国布尔什维克影响扩大而终结。他们将整个巴尔嘎北部地区(8万平方千米)作为租地交给了俄法协会“维赫涅·阿穆尔卡亚公司”,在1916年将巴尔嘎南部地区(4万平方千米)作为矿山租地交给了卡齐米日·格罗霍夫斯基工程师。在最南部的是“蒙格罗尔”协会的租地,现在属于驻乌尔噶的苏联蒙古政权。

1910至1911年在哈尔滨和周边地区流行的瘟疫没有妨碍城市的发展,因为严格的卫生防疫控制住了瘟疫的扩散,在海拉尔只死了几个中国人。在1911至1912年的冬季,巴尔嘎的居民利用两个因素,一个是在中国发生了革命,另一个是得到了俄国政府的秘密支持,手里拿着武器将中国政府和军队从巴尔嘎的三个地方赶了出去:海拉尔(1912年1月2日),满洲里(1912年1月22日),吉拉林(今室韦)(1912年1月最后几天)。在海拉尔虽然听到许多枪声和嘈杂声,但没有发生流血事件。巴尔嘎当地的土著居民达斡尔部落的头目成为巴尔嘎的统治者。

从1914年开始,海拉尔附近发生许多与世界大战有关的事件。在1914至1915年的冬季,传说德国驻北京大使馆官员拉贝帕·潘海因先生将带着德国和中国的部队穿过蒙古草原去炸中东铁路大桥，也可能是要破坏兴安岭的涵洞。在 1915 年春季来临之前，传来消息说德国人都死了。这一秘密死亡的杀手是巴布扎布，是著名的历史人物之一，只是没有完成重要的历史使命。

当俄国政府成员得知德国人威胁着铁路的安全，威胁着俄罗斯内部地区和西伯利亚与符拉迪沃斯托克（海参崴）的交通时，他们向巴布扎布请求帮助。蒙古大公巴布扎布是个能力非凡和勇敢的人，从 1912 年开始为了蒙古的独立与中国人做斗争。当俄国人向巴布扎布承诺，消灭德国部队后，帮助他对抗中国人时，巴布扎布同意了俄国人的请求。在距海拉尔南几百里的蒙古草原上，巴布扎布的士兵屠杀了毫无戒心的德国人。德国骆驼队运输的炸药和图纸从海拉尔被运送到哈尔滨交给俄军司令部。十几只骆驼驮运的银子成了巴布扎布的战利品。本文作者于 1916 年 3 月在哈拉哈河岸巴布扎布军营做客时看到了这次战役的战利品。在大公的帐篷里交叉挂着两把德国军刀和两支毛瑟枪，它们是一位勇敢的德国军官和他的澳大利亚副官的遗物。

俄国政府不再担心德国人从蒙古入侵俄国后，就不再提向蒙古大公巴布扎布所做的承诺了。巴布扎布对俄国人的忘恩负义感到愤愤不平。作为坚毅勇敢的斗士，巴布扎布继续与中国人做斗争，直到 1916 年秋在攻打灵石县城时，一颗流弹夺去了他的生命。

巴布扎布死后余下 2 000 多名战士，大多数来自蒙古“喀喇沁”部落。他们没有继续与中国人征战，而是返回到巴尔嘎。1917 年 5 月 8 日，他们占领了宏高镇（音译）（海拉尔南 80 千米），5 月 11 日占领了“古城”，是海拉尔中蒙结合地区。巴尔嘎政府官员一部分跑到海拉尔的俄国地区，另一部分跑到齐齐哈尔。俄罗斯在海拉尔的卫戍部队一半已经布尔什维克化了，上级命令其出面保护亲俄的巴尔嘎人,但是部队不听指挥,用武力赶走了喀喇沁人。这种半战争状态一直持续到1917年9月6日。有一天,喀喇沁军团指挥官钦巴想以武力抓住巴尔嘎的一个行政官员，他住在市中心的罗马诺瓦旅馆里。俄国战士乌瓦迪斯瓦夫格拉斯(波兰人)，正在院子里站岗，他想逮捕钦巴，但是后者用毛瑟枪击中了战士的头。这成了喀喇沁战士与俄国驻海拉尔卫戍部队开战的导火线。俄国人是从哈尔滨获得供给的。9月17日中午12点,俄国人的大炮开始轰炸喀喇沁部队在“圣林”旁的阵地。尽管喀喇沁的炮兵是由日本的指挥官指挥的,但是炮火回击很差,炮弹力量很弱。战斗以喀喇沁军队向南撤退而告终。战场上留下十个炸死的士兵,受伤人数不详。俄国人死了两个士兵。一个俄国妇女死于蒙古人的流弹,三个士兵受伤。

1918年对于海拉尔仍然是风云变幻的一年。在这一年中,整个俄国和俄国在满洲里以及巴尔嘎的占领地区都处于一片混乱之中。在海拉尔有中国、日本和俄国的卫戍部队,都在阿塔曼(哥萨克首领)谢苗诺夫的指挥下。1918年3月,在海拉尔火车站停着一列从西伯利亚撤回符拉迪沃斯托克(海参崴)的捷克军车。这列军车中有一个装甲车厢“奥尔利克”载满了捷克人从西伯利亚抢劫和缴获的物资。

在捷克和谢苗诺夫军队之间存在着很大的敌意,他们互相指责对方掠夺和占有私人财物。事实上双方说的都对，因为双方都在所到之处疯狂掠夺，虽然捷克人在行为上比俄国人守纪律得多。这时在海拉尔活动着一个“与布尔什维克战斗委员会”,是由日本政府与俄国君主主义者联合组织的。

在1918年3月27日，这个委员会根据谢苗诺夫的指示，没有合法的书面命令就从住宅中逮捕了十个海拉尔人。当天有两人被释放，其余的人将被流放到巴乌利（卡巴依卡利亚），那里有巴伦罗曼的卫戍部队和他的“野蛮师团”。八个被捕的人戴着手铐在复活节之夜，被带到火车站。被捕的人处于极度恐惧之中，他们知道在巴乌利等待他们的是必死无疑。他们向捷克人求助。捷克人向日本人提出要求，让他们释放被捕的人，遭到拒绝后，双方交火。日本人使用步枪和机枪，铁路工人向日本人投掷手榴弹，混乱之中，被捕的人跑出来，躲进捷克的军列。在逃跑中，有两人受伤，其中一人很快就死了。日本人与捷克人进行了激烈的战斗。现在老墓地的高岗上的铁路的外面，还能看到战壕，日本人从这里向捷克人射击。战斗的结果我们不清楚。我们听说，日本人同意放走捷克人，但是必须留下装甲车厢“奥尔利克”。捷克方死了十几个人，伤者众多，但是全部离开了海拉尔。这次战斗的详情一直被作为秘密保守着，但是我们认为捷克人的损失被放大了。

如果能从捷克方面的渠道得知这次战斗的详情将是很有意思的事情，将来，也可能现在捷克就已经出版了有关捷克人在俄国和西伯利亚地区的历史资料。

1918年夏天，阿塔曼（哥萨克首领）谢苗诺夫带着自己的部队来到满洲里，他们是被布尔什维克从萨巴依卡利亚（外贝加尔）驱赶出来的。他用鞭挞和酷刑（常常是不公正的）管制从地方卫戍部队收编的掠夺成性的俄国士兵，这些士兵将“自由”一词理解为解放、掠夺、侵吞。这个时候驻守海拉尔的是巴罗纳温根·斯特尔伯根将军的部队。他是一位非常勇敢和有修养的人，也是侠义正直的军官，同时对待自己的敌人——布尔什维克非常残酷。他值得波兰侨民尊重，因为应他的炮兵团长安托尼·阿列克山德罗维奇的请求，他同意将在“银畔”（音译）地区的一座铁路旁的房子交给波兰人用作天主教堂。巴罗纳温根的部队主要由喀喇沁人组成，他们就是前年来到海拉尔的，是为了完全不同的目的，现在他们作为志愿者加入了巴罗纳温根指挥的民族陆军师。

巴罗纳温根·斯特尔伯根将军的命运是富于戏剧性的。他是一个勇敢、正直、侠义、从不胆怯的人，他的部队以民族陆军师为主力，这个师由蒙古人、巴尔嘎人、喀喇沁人组成。他带领自己的部队来到蒙古，夺取了乌尔噶，消灭了中国的卫戍部队，从此他成为整个内蒙古的主宰。他的部队接收了大批白人部队的散兵，这些人都是为了在蒙古躲避布尔什维克的。正是这些人成了他走向末日的原因。俄国军官和士兵由于在白人军队中经历多年内战，抢劫、掠夺无所不为，完全堕落了，他们的红军和他们的程度也不相上下。他们憎恨巴罗纳温根，因为他是一个浴血奋战的真正战士，他要求他们遵纪守法。当布尔什维克派出大部队到蒙古时，对巴罗纳温根的部队形成了威胁，俄国白人部队立即背叛投降了红军，最终将巴罗纳温根交给了布尔什维克。布尔什维克将巴罗纳温根带到了诺沃尼科拉耶夫斯卡，在那里将其枪杀。

1919 年，中国总统颁布七项法令限制俄国人的权利，或者说限制一些有关俄国的利益。其中最重要的是 1919 年 11 月 22 日颁布的关于取消内蒙古自治的法令。1920 年 7 月 28 日，关于取消保留呼伦贝尔（巴尔嘎）政治地位条约的总统法令颁布了。1920 年 9

月，中国政府收回俄国人的治外法权，关闭了俄国领事馆，其中包括海拉尔的副领事馆，俄国人与中国人从此在法律上待遇平等。从此巴尔嘎作为独立的行政区归属于黑龙江省。没有人征询巴尔嘎人的意见，尽管他们非常不愿意，但是没有了迄今为止像俄国人这样强大的支持者，他们不得不服从现状，但是还是希望这一切不会持续很久。

1921 至 1922 年，在海拉尔和海拉尔周边拥入大量的俄国移民，大多数来自萨巴依卡利亚，以逃避布尔什维克的迫害。移民中有许多是谢苗诺夫的人，他们害怕红军的报复。从客观公正的立场看问题，在掠夺和欺负老百姓方面，谢苗诺夫的人比布尔什维克坏上好几倍。

大多数俄国人居住在“三河交汇”处，也就是根河、得耳布尔河和哈乌尔河流域，距海拉尔北 80—150 千米。他们建立了 22 个村，共有居民 5 000 人，他们至今仍居住在那里，过着富裕、安定的生活。我不止一次在《波兰周刊》和《远东》杂志上提出建议，希望因为布尔什维克的迫害而从阿穆尔逃亡出来的波兰移民转到这个地方（这里还可以容纳几百万农业人口）。遗憾的是，不知什么原因阻碍了这件事情。波兰政府对移民做出了不可能实现的许诺，说将很快给他们寄来上万的美元，帮助他们返回波兰等。结果他们无望地等待了好几年，花光了积蓄，变成了城市无产者，生活在悲惨贫困的境遇中。

现在海拉尔分为三个部分：1.行政区。这里居住着公务人员、铁路职员，这里有东正教堂、气象站和中国法院等。2.商业区。这里主要居住着犹太人、白俄罗斯移民、俄国人和俄国的鞑靼人。到

1920 年 9 月,这里有俄国副领事馆和意大利领事代办处。这里驻扎着中国军队,有天主教堂。3.古城。这是中国人和蒙古人居住的最老的城区,古城有很有意思的古建筑,是佛教庙宇。

这里有巴尔嘎统治者使用过的建筑群,现在是中国政府在使用。旁边的房屋是“维尔涅—阿穆尔淘金公司”办公室。

欧洲人居住的地方没有什么纪念性建筑,只有一座在学校旁边的方尖石塔,是为了纪念霍尔苏特因格托尔坡(音译)朝代(不知道为什么还被称为“罗曼诺夫”王朝)而建立的。关于海拉尔近 25 年的更多的历史,可以在墓地的碑文中看到。在山上,铁道旁有一个 1897 年建的古墓。现在这个古墓很荒凉,只留下几处碑文,其中一处碑文上写的是意大利文。

在铁路南面,“圣林”旁是俄国军人墓,那里竖立着许多十字架,上面写着在多次战役中被打死的战士的名字,其中有许多波兰人的名字。现在几乎所有的十字架都已经被中国人偷去烧火了。这里还埋葬着匈牙利的战俘,他们从带他们去集中营的火车上逃跑出来后,在古城区被蒙古人抓获,被交给了俄国副领事,而他将这些战俘交还给了押运车队。这些战俘被枪杀之后,被扒光衣服,长时间抛尸在一家废弃的火药厂附近(1918 年 11 月)。

在民用墓地(铁路的北面)情况各种各样。这里多数是铁路职员和他们家人的坟墓。在澳大利亚战俘(阿罗依·斯罗依德尔和其他人)的坟墓上竖立着木制的十字架,他们是于 1915—1916 年冬季在这里的医院死于伤寒的,这些坟墓已经开始破损。有一块墓碑是格罗霍夫斯基家族竖立的,他们在海拉尔居住多年,碑文用波兰文和中文刻在花岗岩石板上。来自高加索前线的阿拉伯战俘也在海拉尔死于伤寒，被另外埋葬在穆斯林墓地。

伤寒——威胁各个民族战俘的疾病，其得以流行是因为看守集中营和押运战俘的俄国军官残酷地抢夺俘虏的财物，将抢获的钱用来赌牌或酗酒。

这个城市的大致情况就是如此，虽然很少有人知道它，但是在这个幅员辽阔的地区它却是一个很重要的地方。25 年来，一直有波兰人来到这里。在战争期间，大量的移民潮、不断增加的铁路交通，以及战争运输的影响，使得这个城市的波兰人数量经常超过百人。

当地波兰侨民唯一的精神生活是做天主教弥撒，教堂的活动由来自西伯利亚、满洲里和哈尔滨的波兰神父主持。除此之外，许多波兰侨民在铁路俱乐部、军队俱乐部，以及公共场所整周、整月、整年，甚至十几年不知疲倦地玩桥牌，这种娱乐占据了我们同胞的所有智力和精力，再加上整天的“喝呀和吃呀”充满了他们的灵魂和大脑。直到 1918 年安东尼·莱什采维奇神父在海拉尔建立了第一个波兰协会，1919 年春哈尔滨的卡罗尔·高拉诺夫斯基先生建立了名为“波兰慈善协会”的组织。虽然所有铁路工作人员都对这个组织表示出极大的兴趣，但是因为这个组织的领导人无能，而且不尽心尽力，这个组织不久就消亡了。

关于海拉尔的波兰侨民的详情我在《哈尔滨波兰天主教会》一文中就有所描述。

在海拉尔周围有许多天然宝藏和令人惊奇的历史古迹。描述所有的这一切，至少要写上几大本。所以我只简单地描述一下在“春伦阿尔山”和哈乌巴噶图高乌河盆地（哈拉哈河左面支流）的矿产资源。在以花岗岩为主的岩石山脚下涌动着 27 处温泉，即使在寒冷的冬天也不上冻。多数温泉是用从远处运来的花岗岩石板围起来的。花岗岩石板砌成层层台阶，沿台阶可以下到温泉池中，就像下到浴盆中一样。冬天测量温泉水的温度为 10 到 42 摄氏度。雪花落在温泉的周围就融化了。在严寒的冬季，温泉中的水蒸气形成柱子高高升起，看上去就像是冰岛的间歇喷泉一样。周围的地面上覆盖有白白的一层物质，迄今为止尚未明确其化学成分。从远古时期就流传说，温泉对各种疾病具有神奇的疗效，特别是对风湿病和皮肤病。这里每年都吸引着大批的中国和欧洲游客。

最令人感兴趣的考古成果是由我于 1916 年 4 月在海拉尔南 200 千米"古尔—楚楚"契普沁人（音译）的土地上的"查干淖尔"湖岸找到的大概是石器时代的遗留物。湖水从沙丘上冲刷下许多锋利的燧石块、磨制粗糙的石斧，石斧的头像矛一样，还有许多石块，形状像用于研钵的杵棒，我不太清楚它们的用途。附近有一个名为"赞久苏摩"（音译）的寺庙，里面的和尚告诉我说，早些时候这种石头制品比现在多得多。

第二个石器时代的文物遗址是在海拉尔附近，在铁路线北面通往铁路木材仓库的路和小松树林东北边（基督教墓地后面）的中间地带。这里需要指出的是东亚的石器时代与欧洲的编年制完全不同（注：例如在勘察加半岛深处，石器时代是在 50 到 60 年前，也就是大约至 1870 年）。

另一处遗址，虽然按编年时间较晚些，但是非常引人注目，它被人称为成吉思汗陵墓。这个陵墓是由他的亲属大约于 1260 年修建的，遗址位于巴尔嘎的北部，噶那河和德布乌河交汇处，在噶那

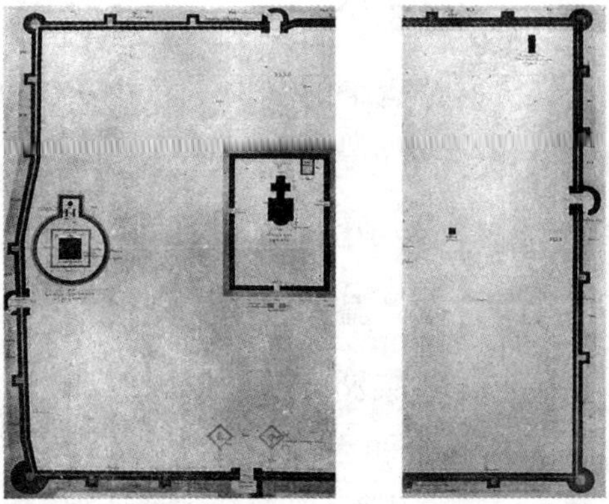

“成吉思汗”陵墓的考古发掘计划；1924 年考古学家、工程师格罗霍夫斯基远赴蒙古

河流入额尔古纳河的入口处附近。今天的海拉尔市距离成吉思汗陵墓约 150 千米（向北方向）。陵墓坐落于噶那河右岸、德布乌河左岸，在根河的另一面河滩上，四周筑有围墙。在元朝时代，它位于北京（中国的古都之一）附近。我进行过两次考古工作，第一次是 1915 年，第二次是 1924 年。我对几个大的建筑物遗址进行了挖掘工作，它们可能是寺庙。它们的外墙是用灰色的砖砌成的，很结实，砖的尺寸为 36×17×5.5 厘米，比阿城古墓用的砖的尺寸略小。蒙古建筑的顶部是在木质的椽条上铺上毛毡。从屋顶的内部，就是屋顶的凹面，可以很清楚地看到毛毡顶的结构，每一条线的接头或线的加固，还有打的结扣，都显示出毛毡被巧妙地固定在椽条上，制成了屋顶。屋顶的外部，就是顶部的凸出部分，涂有很粗糙的图案，而且只有两种颜色——绿色和蓝色。

从附在本书中的城堡图可以看出，城堡外墙呈四方形，边长 585 米。在所有的四面（南、北、东、西）护墙上有入城的大门，南面的墙是正四方形的，其他几面墙是半圆的，城门在侧面。除了四个大的角楼，每一面护墙上都有四个塔楼。有一个细节很有意思，当从西北角楼开始修建连接西南角楼的护墙时，在半路上遇到一个直径达 85.3 米的防御工事，里边有一个边长为 27.7 米的建筑。这个细节迫使修建西面护墙的工人们不得不将护墙修成斜线，以便将遇到的建筑包围起来。护墙中的其他建筑(包括护墙上一个小的向北凸出部分)很明显比“成吉思汗陵墓”建成得还要早。根据很多细节,我认为这些建筑属于青铜时代。

城中央有一道正方形内护墙,边长 168.5 米,宽 114.1 米,有三个大门。内护墙内有许多建筑，其中最重要的是一座统治者的庭院,或者是一个寺院,长 60.6 米,宽 26.1 米。庭院前面部分是正方形的,边长 26.1 米。后面的部分方向朝北,呈十字形。这些细节使人产生各种联想，但是在进行详尽的考古勘察之前是无法解释清楚的。

在考察期间,我发现了各种各样的东西,其中最珍贵的是钱币。根据钱币上面的标志,参考有关文献《斯图尔特·洛克哈特中国铜板收藏(皇家亚洲协会中国北方分会)上海 1915 年》,发现最古老的钱币应该属于“高祖”皇帝(唐朝),618 至 626 年。最新的,也就是最近年代的钱币是属于辽代的，是“世宗”皇帝时期打造的。我将这些钱币和其他许多被我发现的有科学价值的东西,都交给了哈尔滨的满洲研究协会博物馆,所得费用用于科考活动。

关于这些文物有许多回忆、传说和故事,但是哪一个也没有下面的故事更惊险,损失更大。这件事发生在不久前,在 1920 年,与巴罗纳温根·斯特尔伯根将军有关。

当这位勇敢侠义的将军看到俄国官兵一直在背叛他,他在蒙古的探险之旅将以失败而告终时，他开始想办法自救。似乎他打算去中国中部，然后取道日本去欧洲，在那里加入自己同胞巴罗纳·佛朗格尔的军队。第一步他要将战地经费从战区运送到东部安全地区。他做的这一切都对身边的俄国人保密，他从来都不信任他们。他挑选了16名可靠的蒙古族、鞑靼族战士组成一支小分队运送这笔经费。金子分装成24个箱子,每一个重4普特(65.52千克),放在蒙古式两轮马车上。在每一个箱子中有3.5普特(57.33千克)的纯金币。小分队配备了充足的备用马匹,从巴罗纳温根军营出发,快速向东方驶去,打算以最快的速度到达海拉尔,从海拉尔将装有金子的箱子用铁路运往哈尔滨,然后从那里出国。经过几天的行程后,小分队遇到了人数比他们多出几倍的红军队伍。他们之间发生了交火。忠于巴罗纳温根将军的士兵明白,他们要想完成巴罗纳温根将军的指示,只能靠马车的速度。小分队开始快马加鞭地奔跑了几日。经常更换的马匹开始时跑得很快,将布尔什维克的马队甩在了后面。但是几天后,布尔什维克的马队又追上来了,因为驮着装有金子的箱子的马匹跑不快。双方发生了几次小规模冲突,每次都是小分队失利。为了不让受重伤的士兵落入布尔什维克的手里,他们用毛瑟枪杀了他们。剩余的士兵继续向海拉尔疲惫地行进。在距离海拉尔东160千米的地方,小分队的士兵意识到,他们无法完成巴罗纳温根交给他们的任务,拯救这笔经费了。在深夜里,他们商量决定将巴罗纳温根将军的金子埋起来,然后逃跑。在周围起伏不平的草原上只有少数的灌木丛,他们找到一块小的凹地,挖了一个洞,放入24个装有金子的箱子,还有一个重7普特(114.66千克)的行李箱。行李箱里装的是什么,士兵们不知道,他们认为一定是巴罗纳温根的重要文件。然后他们继续跑路。在距离埋金子处十几千米的地方,他们将运输的车子零散地抛弃,余下的路程中只是轻装逃跑。然而太阳落山后几小时,布尔什维克的马队就追上了他们。经过短暂的枪战后，士兵们四散逃跑。其中只有两个人活着跑到了海拉尔，其余的士兵全部死在了草原上。

由于布尔什维克消灭了巴罗纳温根的部队，占领了乌尔噶后，一直没有找到巴罗纳温根的金子，所以关于金子被运出的消息在几个月之后传到了哈尔滨，以及更远的地方。此后似乎知道实情的原巴罗纳温根部队的官兵放出了各种各样的流言，他们声称，给一定的报酬，他们就说出金子的藏址。

我们试想一下，金币重 84 普特（1 375.92 千克），金币的含金量为 90%，按每普特黄金价值为 9 500 美元计算，所有金子的价值应该是 800 000 美元。所以出现许多想找到这批金子的人，是不足为奇的。迄今为止，只有那些狡猾的骗子从中得到了利益，他们将想要找金子的人带到荒漠的各种地方，或者干脆拿到钱就溜走了。

值得注意的是，即使某一个幸运儿找到了这批金子，那么更大的问题是，他能够将 24 个重 96 普特，也就是 1 572.48 千克的箱子顺利地挖出来吗？在草原上运输这些箱子至少需要 10 辆两轮马车。再将这些沉重的箱子装上火车，一定会引起人们的注意，消息一定会传到中国政府那里。

对于这笔金子的归属，中国政府的立场是，虽然大多数金币出自乌尔噶的中国国有银行，但是事实上是巴罗纳温根·斯特尔伯根从这家银行掠夺的。

工程师　卡齐米日·格罗霍夫斯基

波兰人在上海

上海，被称为远东的巴黎，是世界上最大的商贸中心之一，多年来这里居住的欧洲侨民中有不少波兰人。19世纪80年代就有一批很有名望的波兰人在上海，这个数字不断增加，特别是由于俄国为了扩大在远东的影响，成立了“志愿船队”，定期从奥德赛或圣彼得堡到乌沃迪斯沃克港口的轮船开始进入扬子江海口。波兰侨民很早以前就分为两个互不往来的群体：犹太人和波兰人。前者可以说从第一年来上海就努力不被人发现是波兰人。他们很快就融入犹太人、俄国人、美国人或其他的人群，这样就脱离了他们的波兰“出身”。另一个所谓“纯波兰”群体也没有什么特别值得提起的，虽然这个群体中有许多优秀的受过高等教育的人才，他们有独立的物质生活，甚至很富有，但是他们——尽管只构成极少数——民族觉悟很差，社会活动影响力很弱。我们以为在中国，在国际租界，特别是在那些俄国政权无法对表现出波兰民族情感的人进行迫害的地方，波兰人的生活会以协会、图书馆、波兰学校或其他慈善机构的方式迅速发展。事实相反，富有的、受过高等教育的波兰侨民并没有在表现波兰情感或民族情结方面取得重要的进步。原因是现在在上海的波侨主要是在俄国文化影响下受教育的人，他们甚至在国际租界的自由土地上也压抑自己的思想，不暴露出任何一点波兰情结。第二个原因是人们对物质和金钱的追求，这是远东地区所有国际港口城市的特点。很难相信，但是事实证明，只有当爆发世界大战、俄国失败、沙俄地位动摇时，在上海的波侨才从折磨他们的沙俄帝国的噩梦中惊醒，开始敢于表现出自己民族的独立性，虽然只是在慈善方面。

在上海，波侨的生活中非常重要的事件是在1917年底成立了波兰人保障委员会，成员有：主任，兹耶页尔斯基（俄亚银行经理）；副主任，兹雅斯特山伯斯基（后来任波兰财政部长）；财务，乌博古舍夫斯基；秘书，斯德诺夫斯卡；助理，沃依奇克夫斯基。

这个委员会在上海波侨中起的作用很小。尽管它在慈善方面做了许多工作，但是它没有将上海的波侨团结一致，也没有建立任何对那里的侨民团体起重要作用的机构。

在后来的时间里，上海的波侨数量有500多人。这个数字始终与俄罗斯和西伯利亚的状况有关。俄国人来到上海的有几百人，波兰人有几十人。一部分人留下常住，另一部分人往来于两国之间。有一段时间，人们在上海开办了波兰领事馆，但是很快就因为节约财务而关闭了。1925年6月，人们在上海组织了“波兰委员会”，它为保护和帮助波兰人做了大量工作。

委员会从1925年6月13日到1926年6月30日的报告显示，委员会收到467份信件和报告，回复信件562份。

其间，33人委员会共召开52次会议。

委员会最重要的工作之一是帮助人们解决护照问题。

委员会向波兰共和国驻华代表团提交了101份有关为居住在上海的波兰人延期、更换或办理新护照的报告。

应波兰共和国驻哈尔滨代表团的要求，委员会起草了关于居住在上海的波兰人的政治法律地位的备忘录。备忘录中提出有必要在上海建立波兰领事处。备忘录交给了波兰共和国驻哈尔滨代表卡罗尔·平多尔先生。

波兰共和国驻华代表访问上海为波侨带来一定的好处，波兰驻华代表向意大利、法国、英国、苏联和中国外交官宣布，波兰委员会主任为波兰共和国驻哈尔滨代表团的半官方代表。根据上述授权，波兰委员会可以过问法国领事馆办理波兰签证的事务。委员会还获得为波兰公民登记的权利。

委员会的保护工作包括：为贫困、失业、被遣返人员提供帮助（钱、食物、衣物、鞋）和医疗（日什沃大夫、科劳乌沙尔先生提供免费的药品），为失业人员提供救济金和贷款。用于上述目的的资金来源于波兰驻东京的外交使团、众多的波兰公民和外国人，主要来自上海慈善组织。捐助的物品（衣物、鞋、罐头、牛奶、香烟、肥皂等）来自居住在中国的富裕的波兰公民，还有美国、英国和瑞士公司通过与波兰做贸易的东方协会提供的。委员会的文化教育活动主要是举办民族节日庆祝活动、各种报告会，开办图书馆，藏书300多册。委员会的负责人卢托维奇、乌拉诺夫斯基和温什里赫特为上海这唯一的波兰机构做出了许多努力和贡献。

委员会主任是耶日莫什科夫斯基先生(美国亚洲保险统一协会副会长),秘书是安托尼·温什里赫特先生,他们都是非常勤奋的人,为了上海波侨的福祉花费了大量的时间和心思。

波兰在上海的侨民大约有200人，他们不认为有必要保持固定的联系,所以一般都单独生活。

波侨中有许多知识分子:工程师、医生、商人、企业家、在中国商业船队服务的海员、演员、技术员、手工业者等。

在英国人管理的市政当局和海关里只有几个波兰人(一人在警察局,两人在卫生部门,两人在海关,三人为灯塔监督员),因为英国人只支持本国人,而且对待波兰人的态度十分冷淡。

很遗憾,在上海的波侨中也有各种不良分子——盗窃者、造假币者。最可恶的是这些罪犯中竟有知识分子(律师、工程师、高级军官)。

只有两家波兰的商贸公司:1923年由安托尼·温什里赫特先生创建的波兰贸易东方协会，与耶日莫什科夫斯基先生合作,公司的宗旨是只做与波兰有关的工作，尽管我们的企业家和商人表现出漠不关心和不认真的态度妨碍了这项工作。另一家是波中贸易集团,由在上海的商业大楼“海莫斯”的老板兹格莫特·亚斯特山伯斯基和这里的俄国谢尔盖·海曼公司创立，这家集团公司经营各种业务,其认为单纯经营波兰业务是不可能的。

除此之外,从事各种职业的波兰人还从蒙古和新疆等遥远的地方来到上海找工作，他们大多数找不到工作，所以重担就落在了波兰委员会的身上。

波兰委员会的任务极为艰巨，因为人们处在民族众多，大多数人精神冷漠,又有俄罗斯化倾向的环境中。西方文化的影响,尤其是英国文化的影响对于波侨来说，只是表面现象，可以说除了对少数人之外，不起作用。知识分子只是把参加舞会和穿英式服装看作英国文化。属于半知识分子的人们认为，在上海的许多俄国人,与他们接触越多,就越会感到精神上亲近。除了建立商务领事馆之外，有必要在上海为穷孩子建立波兰学校和校舍，因为只有这个办法才能为青年一代保持波兰传统，为年长的波兰人削弱俄罗斯的影响。波兰委员会为上海的波侨做了这么多好事，如果能够努力实现波侨这个朴素的愿望,它将功德无量。

中国的“突厥斯坦”

在中国的最西部是新疆地区,它与俄罗斯的“突厥斯坦”在地理上连成一体。俄国革命造成成千上万的俄国侨民流入这一地区,其中也有波兰人。

波兰人最集中的地方是库尔扎市,几年前波兰侨民有很多,当上海的波兰委员会为库尔扎的波侨寄来救济金后, 波侨的人数激增。许多俄国人申报救济金,自称是波兰人,他们曾在波兰王国的警察局或宪兵队服务过,学会了波兰语,并利用这一点证明他们是波兰人。而真正的波兰人却没有获得救济金,因为他们很少有人有证明他们波兰人身份的证件。像俄国人那样厚颜无耻的行为,波兰人不愿意做。现在在库尔扎只有七个真正的波兰人,在乌鲁木齐有两人, 在其他地区有几十人。所有的人都生活在极度贫困的条件下,想回波兰既没有钱,也没有证件。谁也不知道应该到哪个领事馆或外交使团申办波兰护照。在中国,他们没有任何收入。中国政府对他们没有任何照顾,所以更不用说给予帮助了。

在中国“突厥斯坦”的波兰人只能依靠那里的天主教会了。比利时的神父在这里传教近 40 年,两年前新疆和甘肃北部地区由方济各会(德国)负责。在方济各会中有一位上西里西亚人——路德维克·高万伯神父,他主要活跃在库尔扎市天主教会中小学中。新疆地区的天主教信徒只有约 320 人。

由于 1924 年俄国与中国“突厥斯坦”地区政府签订了在边境地区互相建立领事馆的条约,中国“突厥斯坦”地区内制度发生了大的变化。根据这一条约,俄国有权立即在乌鲁木齐、喀什、库尔扎和中国的阿尔泰开设领事馆,中国有权在塔什干、阿尔玛-阿尔塔、安迪扎那、塞米帕瓦特斯克和扎依萨那建立领事馆。除此之外,中国政府还归还俄国所有原来在“突厥斯坦”地区的俄国领事馆的建筑和财产。应该指出的是,在“突厥斯坦”地区的每一个俄国领事馆都是一个独立的大院,里面有庞大的档案室、图书馆、卫生所、药房和东正教堂等。

中国的“突厥斯坦”(新疆——发音“Sinzian”)是自然资源非常丰富的王国,主要的资源有羊、牛、马和骆驼。这里的土壤只要给予浇灌,就能够生长所有品种的粮食、蔬菜、水果,特别是棉花。主要的矿产有:金矿、石油、煤炭和铁。这里的辽阔土地上生活着 300 万居民。

中国“突厥斯坦”在世界大战前只与俄国进行进出口贸易。俄国政府在这里设置了许多贸易领事馆,为俄国的商人们(穆罕默德信徒和东正教信徒)提供方便。所有的进口商品都来自俄国和波兰王国:比亚韦斯托克、华沙和罗兹。商品出口到安迪扎那—俄罗斯“突厥斯坦”最近的火车站,也出口到黑龙江,并从这里转到西伯利亚铁路。

战争时期,双方关系发生了根本的变化。从俄国进口商品的速度开始变缓,后来由于俄国爆发布尔什维克革命,进口就完全停止了。商品出口到俄国持续的时间稍微长一些,但是 1918 年也完全停止了。年贸易额从 600 万卢布降至零。中国人的经济和生活也发生了巨大的变化。没有了出口,他们只能关闭许多生产部门,或减少到最低水平。另一方面,进口不了最需要的商品,他们就像是翻船后登上了荒岛一样。他们必须尽快地开始日用品的生产,包括纺织品、金属餐具、肥皂等,当然所有的生产都是采用非常落后的方式。

这个时候在中国的“突厥斯坦”地区第一次出现了美国和英国的商人,他们是驻天津和北京的公司代表。他们与当地人做贸易得到了丰厚的盈利。他们购买 1 普特(16.38 千克)棉花用 6.50 卢布,用骆驼商队从兰州运到北京再到天津花费 3 卢布,总计 9.50 卢布。棉花到天津的报价为 15 卢布。这样 1 普特棉花可以获纯利润 5 个多卢布。在喀什(中国“突厥斯坦”的首府)棉花的报价是 1 普特 6 卢布,运到天津运费 3 卢布,到天津的棉花报价为 20 卢布,1 普特棉花的纯利润为 11 卢布。但是对于英国人和美国人来说,这样的大好形势很快就结束了,因为德国人来了,并很快地掌握了进出口的主要部分。除了出口羊毛和棉花之外,德国人还大量出口皮革(狐狸、貂、狼和虎皮等)。现在应该看到,德国公司将成为整个中国“突厥斯坦”地区最重要的经济因素。

但是这并不能说明波兰工业产品进入中国“突厥斯坦”的大门已经被永久关闭。一切都要靠我们的商人来重新获得这个市场,因为战前波兰商品在这个市场上赢得了很好的声誉。

波兰人在中国的中南部

在中国的每一个港口或贸易城市都有一个或更多的波兰人。除了上海之外,在天津生活的波兰侨民最多,大约100人。在中国其他的大城市也有或多或少的波兰侨民，但是他们的流动性很大。只有波兰的传教士很少离开居住地。据我所知,在中国的南部地区有四位神父:特奥道尔·维侨雷克和杨夏拉在惠山(音译)(广东附近),奥古斯特在局宁府(音译)(河南),普拉查克在香港(属于英国的岛屿,广东附近)。近期还有几位波兰神父要来,他们已经申请到中国传教。

有的波兰人在中国居住了几十年。比如化学工程师奥特兰伯斯基在香港居住了40年,担任一家英国糖厂的厂长。但是大多数波兰人，尤其是最近十几年来中国的波兰人生活困难，特别是那些不懂英文,也没有什么专长的人。

1925年,在澳门(葡萄牙"殖民地",广东附近)萨雷杨神父的避难所有五个波兰小伙子，他们从西伯利亚经上海来到这里。葡萄牙人对他们很友好，为他们募捐生活费，并支付他们在避难所的费用。由于思念亲人,小伙子们返回了上海。现在只剩下杨乌尔班一人，他是来自波兰王国的裁缝师傅，现在他在避难所附近的学校为30个中国学生教授裁剪手艺。

中国南方的革命者对波兰人很友好(对德国人更好一些),他们用这种态度来区别对待那些不具有治外法权、不欺负中国人的民族和具有治外法权的民族(英国人、日本人等),后者为中国人所仇视。波兰的传教士多次遇到革命者对他们表示友好的行为,他们以这种方式表明对享有特权的民族和不享有特权的民族持有的不同态度。

居住在中国各个城市的波兰人都没有民族和社会的组织。他们的宗教活动是在分布于中国各地的法国、西班牙、意大利、荷兰的天主教会中进行的。

最后我们援引上海波兰委员会秘书，安托尼·温什里赫特先生对波兰人在中国中南部找工作的看法：

"我们必须强调的是,中国不是适合波兰侨民的地方。首先中国的气候条件对白人来说很不适应。第二，中国的工人和公务员工资很低,在这样低的报酬下外国人很难维持生活。另外,外国的工厂主和商人普遍遵循一个原则，就是好的工作提供给自己的同胞,很差的工作给中国人,中国人干活很差,但是很廉价。所以即使是受过高等教育的波兰人,具有专业特长,熟悉英语,不懂英语在中国根本无法活动,也不一定会找到合适的工作。"

波兰人在蒙古

第一次世界大战前，在蒙古的波兰侨民是由两部分组成的：一部分是拥有固定住址，仅十几户，并散居在几千千米的地域中的人；另一部分是所谓的各种公司和工厂等的代表，他们有很大的流动性，并为波兰工业取得了很大的成绩。

后来，战争来了，接着俄罗斯革命爆发，而蒙古也发生巨大的变化。成千的俄罗斯移民以及从俄罗斯和西伯利亚各个方面来的逃难者，其中也包括几十个甚至上百个波兰人来到这里。他们中既有平民，也有军人。他们中，一部分人经过张家口和天津去了上海，一部分人经海拉尔到了哈尔滨。有些人试着长期留在蒙古，部分人死在那里。最后一部分人中有：戈贝尔——戈尔奈尔斯基·莱奥纳尔德——来自塞依恩（Sejn——地名）的家族、俄罗斯工兵上尉、波兰军队工兵少尉，于1921年4月1日在与中国军队的第一次小冲突中被打死。

乌梁苏台(Uliasutaj——地名)的商人什曼诺夫斯基和明什契兹纳(Minszczyzna——地名)的俄罗斯军队的大尉巴尔兹基于1921年在扎因沙比(Dzainszabi——地名)被中国人打死。卡齐米什·维什斯基是1863年就被流放到西伯利亚的流放者的儿子,其他几个人是因为与布尔什维克的关系,根据巴隆·翁格恩–斯太贝尔格的命令被处死的。

现在定居在蒙古的有十几户波兰家庭,部分人根本没有任何护照,部分人拥有苏联护照。有不少犹太人和乌克兰人拥有波兰护照。从1921年开始,波兰政府在乌尔格(Urdze——地名)的代表是米哈乌·亚历山大·沃沃索夫斯基,来自比亚瓦–波德拉斯卡,从

1927年8月1日戈壁沙漠的景观;1927年格罗霍夫斯基工程师领导的赴蒙古的探险队

14 岁起就住在乌尔格，最后六年是蒙古海关的组织者和设计者。他曾七次向蒙古的苏维埃政府提出辞职和离开的权利，而始终没有得到批准。

几个或更多的波兰人是被与巴隆·翁格恩–斯太贝尔格结盟的蒙古部落察哈尔人所杀害的。察哈尔人把他们当成布尔什维克，并残酷地折磨他们。

在蒙古的波兰人几乎完全与世界隔绝，因为邮局送给他们的信和报纸都很不及时，波兰政府的代表沃沃索夫斯基先生向当局提出的申诉很少能有结果。这一勇敢的人所做的努力经常是白费的，虽然如此，为了同胞的利益他从未停止工作，为此他歇尽全力来帮助他的同胞。

关于蒙古贸易的意义我们在另一章节详述。

萨哈林

由于此书的篇幅所限,要详细地叙述萨哈林岛(库页岛)的历史是不可能的。读者们可以在专门的著作中找到。这里只提及一个事实,即这一段历史似乎没有进入俄罗斯文学著作中。荷兰船长德·弗莱德于1673年因风暴而登上此岛,后被称为萨哈林,并发觉早些时候就已住在岛上的若干俄罗斯人,但这既不能说明俄罗斯对此岛的控制,也不能因这些人出生于俄罗斯就说这个岛与俄罗斯有什么关系。我们并不知道那些定居者是从哪里来的,好像是哥萨克人或是某一类探险者。这类似于,例如,不知何时他们在加利福尼亚建立了独立的国家,他们签定了协议,或是与当时在加利福尼亚掌权的墨西哥人开战,直到1837年消失了,而只有在印第安人中西班牙僧侣的不多的记载和发掘的旧金山附近的"俄罗斯高地"(俄罗斯堡垒)说明他们过去的存在。总之,当俄罗斯政府于19世纪70年代根据与日本人签定的条约，占领了萨哈林，那么，1700年前的开拓者已经没有任何痕迹了。

第一个波兰人是于1771年航行到靠近萨哈林海岸的，而遗憾的是他未在那里登陆，这就是马乌利策·奥古斯特·贝涅奥夫斯基伯爵。他从俄罗斯人那里获得船只，从布尔什列茨基抵达卡姆查特卡，沿着萨哈林的东海岸到达日本，而后绕过非洲到达法国。

在俄罗斯政府占领岛屿后不久（这已是在1863年起义之后几年），在俄罗斯的流放者中出现不少波兰人。他们的人数到1890年已增长到用自己的双手在亚历山大洛夫港建起了天主教教堂。但那时要建立波兰学校是根本不可能的。

除了普通的政治流放者之外，还有不多的在政府机构或军队里任职的波兰人以及波兰研究人员和学者，就像在整个西伯利亚一样。我仅记得，早先逝世的圣·勃洛尼斯瓦夫·毕苏斯基先生（约瑟夫·毕苏斯基元帅的兄弟），他是被沙皇的科学院派到那里研究这个岛上的土著人——阿伊努人的语言和出身的，他从1902年7月在那里逗留到1905年6月11日。

1909年，萨哈林迎来了契帕拉克主教及几个随行的神父，其中包括现今的平斯基的主教齐格蒙德·罗津斯基。随行之一的伏瓦迪斯瓦夫·缅什文斯基神父那时就留在岛上，承担全岛的神职。

应该解释清楚的是，在萨哈林岛（库页岛）上的俄罗斯侨民，也包括波兰侨民的状况，在1903年发生了很大的变化。在这一年，岛上运来最后一批流放者。在1904年日俄战争爆发之后，岛上的流放者被迁走了。大多数流放者来到陆地或回到家乡。只有那些有财产和家庭关系的人留下来。这时，新的居民又开始来了。这一数字在西伯利亚内战爆发之后增加得很快。当著名的匪帮特良皮丘(Triapicyn)屠杀在黑龙江上的尼古拉耶夫斯克城的居民时,被杀的有日本领事馆所有的工作人员，以及波兰代表巴兰斯基先生[注:勃罗尼斯瓦夫·巴兰斯基先生来自卢布林家族,中学毕业于克科科夫省的塔尔诺夫，曾是波兰军队的中尉，并任黑龙江出海口处的尼古拉耶夫斯克城的波兰政府代表。当特良皮丘占领城市后，匪徒们将他拖到黑龙江的冰面上并把他扔入冰窟隆里。当他用手把住窟隆的边缘时，匪徒用斧子砍去他的双手，使他沉入水中]。而许多幸存者能逃出来,只是由于藏身在日军庇护下的萨哈林避难所。

西伯利亚内战的逃亡者当中，有弗瓦迪斯瓦夫·谢尔斯基先生。这是一个怀有良好愿望且有能力又十分活跃的人，他来到岛上后立刻投入到工作中，正是由于他的努力，人们在萨哈林建立了名为M.A.贝涅夫斯基伯爵的波兰学校,学校开始集中消除波兰青年的俄罗斯化。学校旁边建立了图书馆和阅览室，由于许多捐献者和编辑的爱国主义感情，图书馆和阅览室每天都能从美国、法国、中国和波兰得到50多种波兰日报和期刊,当然从波兰来的最多。

以最优秀的将军之一的S.Takasu先生为首的日本当局给了波兰机构全面的支持和关照,而且每月给予40日元的津贴,这相当于每年1 200个金法郎。

从谢尔斯基先生去马尼拉(菲律宾)开始,这个学校就倒闭了。布尔什维克代替日本人在北萨哈林掌了权。

波兰人中间组成了一个以伏瓦迪斯瓦夫·契可托夫斯基为首

的 20 人组，他们试图讨回他们的教堂以及教堂附近新建的房屋和账房中的现金。地方政府（革命委员会）把教堂及其存款和看管人的房子还给了他们，而把教堂附近的学校房屋收归国有。而现金（225 日元 75 分）全都被吞没，只给了 100 卢布用于维修。日本来的神父不能到萨哈林。符拉迪沃斯托克（海参崴）来的神父也一样。不能拥有文化中心，波兰人的集体生活完全消失。

被穷困笼罩，许多矿山停产，缺少工资收入，人们靠以前的积蓄生活，明天没有保障。

在那里的波兰侨民自然也根本谈不上拥有任何文化、教育等活动。根据最后一期（《远东》，法国米希出版的）统计，在北萨哈林的天主教徒约有 350 名，其中 95%是波兰人。

属于日本的南萨哈林，日本称之为桦太，有两类波兰人：一是在日俄战争后留在那里的老人；二是在一月协议之后，苏联开始接管北萨哈林（到北纬 50 度）的行政管理权之后，来到这里的新人。

过去的居民

老人们大多从事农业、饲养业，并能烤出非常好的面包，他们在当地人中有很好的印象。而后，有些家庭收购砍伐的树木。整个集体与日本人相处得很好，学习日语并能讲得很好，并取得了当局和周围人的好感和信任。他们是清醒的、聪明的、有经验的、勤劳的和节俭的，自给自足，过得很好。

后来的人

组成这个新集体的是那些最后几年生活在俄罗斯,并带着俄罗斯文化的人。他们不习惯于沉重和系统的手工劳动，是一些看起来在城里较容易挣到工资的人，不懂地方上的习惯和语言,因此一天天地在困难的条件下生活着。在他们面前有两条路：一是集合起来或是在属于某一个同胞的地里或是由神父租借的土地上工作;二是解散,并到波兰老人集体那里去工作。老人集体的每一个人都愿意接收一个新人,并保证给每人每天 2 元,甚至 2.5 元的工资。只是新人必须在他们那里有序地在田野里带着镰刀劳动,或是带着斧子在树林里劳动。毫无疑问，老人愿意帮助较弱和较穷的人，因为他们珍惜波兰的好名声以及他们在这里所有的一切。后来移民的每一个不良行为都可能反映到他们今后在那里的命运中去。

波兰人最好饲养牛、羊和马

如果他们能共同工作，那最好是从事那些适合在萨哈林某些地方进行的劳作,而且是日本人不会做的事情,例如马、羊和有角的牛的饲养。河岸的草原和大山的山坡地正好适于此。工作不是很累,他们也能忍受得了,而且在当局的眼里,同时,在桦太的日本居民的眼里，他们这样做都是有益的。这样的共同劳动也可能加强他们之间的联络，而且也可能形成波兰侨民的萌芽。对日本人来说，现在这一状况至少不是“盐在眼中”，因为日本中央地区的人口虽然稠密，但人们仍不愿意到萨哈林去，这是因为那里对他们来说太寒冷了，加之那里不能种植稻米，没有稻米他们活不下去。除此以外，即使那些夏天到这里的人，也只情愿伐木和捕鱼，因为这是他们喜欢从事的作业。日本当局也允许他们每年在季节结束后，再回到中央地区去过冬。

与日本当局的关系

从北萨哈林来到桦太的波兰新移民与地方行政当局之间一开始就发生了几件不愉快的磨擦。地方行政当局怀疑他们中间有布尔什维克分子。而且他们不总是很聪明的行动，也激发了当局对他们的怀疑。

当局把老一代波兰人当成是自己人，对他们有信任感，并认为，他们并不比本地人差。老一代波兰人唯一抱怨的事实是，他们种的地，日本政府只给他们永久租赁的权利，而没有给予所有权。这一抱怨在当时仅是一个理论上的事情，因为一方面没有发生过任何事故，而另一方面桦太的自由空间只有那么多，没有人考虑过要迁移。

教会的关系

桦太省的首府丰原附近的所有波兰人都要于每个星期日和节日在教堂里见面。

那时，在萨哈林只有一个天主教神父，这就是从札幌来的德国神父科瓦什。科瓦什神父是德国上西里西亚人。他的居住地是丰原，在这之前他到过北萨哈林，在那里的阿历山大·洛夫斯卡与波兰人有过经常性的接触。

1926年春天，马尔钦·帕沃特尼克神父到萨哈林执行同样的职责，他好像也来自德国的上西里西亚。原定他也是到北萨哈林履职，然而，在俄日边境关闭后他没去成，因此，就留在南萨哈林的丰原的科瓦什神父旁边。

1924年圣诞节，日本萨哈林总督区副官访问亚历山德罗夫斯克港的波兰本尼奥夫斯基学校。前排坐在孩子们旁边的是弗瓦迪斯瓦夫·谢尔斯基

唯一迫切需要做的事情是，如何在南萨哈林的丰原为波兰侨民建立一座波兰学校，并派出有经验的教师。他不仅能教孩子，也能建立和管理阅览室，组织演讲和晚会以及组织波兰纪念活动。他知道，日本人对波兰人有好感，日本当局方面对此不会设任何障碍。关键是财政问题，就是能一次性地提供几百美元和每月50美元左右的资助。人们也非常希望在波兰受过教育和培训的神父成为丰原天主教教区的神父，当然也包括成为整个萨哈林教区的神父。这样的神父会更了解波兰的精神和特性，对侨民会有更大的影响，这不仅能促使他们保持波兰特性，而且也可以增强他们相信圣父和圣祖的宗教感觉，而这一点在最近一段时间内受到很大的忽视。

波兰人在日本

第一个出现在日本的波兰平民(除了传教士)是巴尔联盟的马乌利策·奥古斯特·贝涅奥夫斯基伯爵。他生于1746年,曾在巴尔军中作过战,于1769年成为俄罗斯的俘虏,经过许多冒险后,被放逐到勘察加半岛。在那里, 即当时的勘察加半岛的首府彼得罗巴甫洛夫斯克(在半岛的西海岸),他组织了地下活动,夺取了一个小要塞,占领了军火库,夺得了6 324卢布、两门大炮及许多武器和弹药,并于1771年5月22日乘“圣·彼得号”荷兰货船南下。此船是在波兰共和国的旗帜下航行的,船上除了70名地下工作者外,还有21名旅客,其中12个男人,9个女人。首先船向Berynga岛方向行驶,然后绕过它,向南沿着对马岛,并于7月13日接近日本海岸,接着转向西南方向。船在330度56分的纬线上航行,并在Usilpatchar湾抛下锚。日本人非常热情和尊敬地接待了贝涅奥夫斯基和他的左右手——波兰军队的大尉安东尼·斯特拉舍夫斯基。被贝涅奥夫斯基称为"国王"的日本武士首领给他们这些毫不相识的旅游者送来了礼品和食物,为全体船员送来了大米、砂糖、面包、烟草、水果干、鲜水果和葡萄酒。贝涅奥夫斯基告别了日本武士,并于8月2日离开了好客的海岸,于8月4日在Misaki海湾的Idzu半岛海岸再一次抛下铁锚,第二天从这里继续沿着日本海岸向南行驶。船于8月10日在四国岛Sikoko岛的Tonsa海湾停下。小船总是不断地需要淡水的储备,受到强风的猛袭也是小菜一碟。船员拥有足够的武器和弹药储备。这是波兰在这一世界水道上行驶的第一艘船。

贝涅奥夫斯基于8月11日离开了Tonsa海湾,几天以后在Takasima半岛停留,8月15日在琉球群岛的UsmayLigon半岛的海岸停留下来,并在那里游玩了几天,然后从这里动身向台湾行驶。这一不平凡的罗曼蒂克的历险记都在他的回忆录里做了详细的阐述,而且翻译成所有的欧洲语言。(1789年第一个出的是英文版,书目为"马乌利策·奥古斯特·贝涅奥夫斯基伯爵的回忆和游记"。1799年译成法文和德文。波兰文版于1806年在华沙出版)许多欧洲学者创作了关于他在日本逗留的文学作品。这些研究使我们相信,贝涅奥夫斯基与自己的团队在哪些港口和港湾停留过,而事实上说明他曾经在三个地方是真正逗留过的。第一个港口是Sikoko岛的Tonsa港;根据台来基的说法,这是位于北纬33度33分的Toso省的Kutzi市。第二个是Takasima半岛,这也是台来基·塔奈加西马说的。第三,当然是琉球群岛。在贝涅奥夫斯基的回忆录中,其余名称至今没有解释清楚。

然而，根据东京图书馆中 Okamo 即 Ri-u-no-suke 章节中的日本来源，贝涅奥夫斯基的第一次逗留是在六合（Away 省）的日本海岸，第二次是在大岛，第三次是琉球。在这些被日本地方报告所提及的地方，有我们与日本的政治友谊的第一个联结点，在最近几年得到真诚的加强。

波兰与日本关系的第二个重要阶段是日本政府提供的帮助，目的是经西伯利亚和中国运送贫困的波兰小孩到波兰。总共运送 875 个小孩。本书的篇幅不允许我们详细叙述日本政府的整个行为。我们将这一问题的有趣的部分内容，寄送给于 1921 年 9 月 15 日的第 1 期到 1922 年 5 月 1 日的第 10 期的《远东反响》（东京）杂志刊登了，《移民（华沙）》的 1923 年第 18、21、22 期也刊登了，而《哈尔滨日记》也于 1924 年 2 月 1 日刊登了部分内容。安娜·别尔凯维楚娃女士是这一整体行动的精神支柱，应该肯定，没有她的积极努力和贡献，我们这些孩子中的大多数会被害。我们最感激的应是日本人民和政府，要永记住他们的崇高行为，他们应该永远活在波兰人民的心中。

1924 年，东京成立了“日波协会”，目的是与波兰和波兰社会

老哈尔滨附近的纪念志士碑，是为 1904 年 4 月 21 日两名被俄国人射死的日本人而立

建立更亲近的科学、文化和经济关系。相似的协会也在华沙成立。在利沃夫成立了“远东朋友协会”，下分三个组：中国、日本和萨哈林。会长是著名的文学家和历史学家尤瑟夫·比亚文尼亚·霍沃德茨基先生。

与日本紧密的文化关系只能对我们社会有利，因为在世界上任一民族都不像日本人有那种爱国主义的感觉、公民责任和尊敬。在老哈尔滨附近，在哈尔滨的波兰侨民眼前竖立了一个纪念碑，是为了纪念两个日本英雄，他们为了祖国幸福而贡献了自己的生命。在日俄战争中两个志愿者横川省三和冲祯介化装成蒙古喇嘛，从北京通过沙漠，目的是为了炸掉中东铁路上的桥，而被俄罗斯人在富拉尔基车站于 1904 年 4 月 12 日捉到。与他们一起的还有其他四个隐藏的日本人。在哈尔滨的俄罗斯军事法庭上，他们被判处死刑，并于 1904 年 4 月 21 日被枪毙。这两个人英勇的死以及他们的举止引起俄国人的惊奇。

他们受到所有日本人的崇拜，哈尔滨的日本侨民于 1921 年 10 月 30 日建立此碑，这个方尖碑花了 15 200 元（7 600 美元）。

每一个参观哈尔滨的日本人都把参拜纪念碑，并献花看成是自己的义务。横川省三和冲祯介的英勇的死与平静的状态是日本年轻一代的榜样。现时，即 1927 年，在日本本土的波兰侨民，除了在东京的波兰公使馆，仅有几个人。建立两国之间的经贸关系的谈判正在进行，希望在不久的未来，波兰和日本人民将建立比现今更紧密的联系。

台 湾

在波兰,知道台湾岛的可能仅仅是中学相应年级的学生,还有地理老师。虽然以自己的异国风情,波兰正在扩大在远东的发展,但是台湾今后也可以继续起着相当重要的作用。原因是岛上拥有特别重要的财富,台湾相当于战前的加利切亚(Galicja)的一半,住了400万居民,而进出口贸易就吸引了差不多世界所有民族的贸易代表来到这里。虽然,这个岛从1895年被日本占领,但是与欧洲和美洲的进出口贸易仍起了非常重要的作用。在战前,从所谓的“俄罗斯”进口的商品占有非常重要的位子,而这些商品中就有来自罗兹的棉花制品,从华沙来的金属产品、皮革制品和服饰用品,来自普鲁士工厂的肥皂等等。战争期间,一切发生了很大的变化。我们的产品几乎在台湾的市场上完全消失,而在它们的位子上,除了日本的商品外,也出现了美国和英国的商品,而最近两年开始，这些全部都被德国工业品所取代了。

据我们知道的，现在常住在台湾岛上的只有一个波兰的商人家庭，也经常出现一些流动的代理人，他们调查地方市场，目的是连接，当然也是要恢复与波兰市场原有的贸易关系。我们相信，这些努力将会有理想的成果，因为所有以上所讲的数据都说明，台湾市场可以成为波兰商品很好的消费市场，特别是纺织品、服饰用品、铁制品，而岛上可以向波兰供应许多食品杂货。

图中的女孩现居住在台湾岛，身着马来西亚民族服饰，她曾是哈尔滨显克微支中学的学生

台湾最重要的出口产品（除了砂糖）是茶、樟脑、热带水果、靛蓝、大米等等。蔗糖也是重要的出口商品，自然都只是出口到相近的地方去，如蒙古等。

我们希望，波兰进口商和出口商要注意台湾市场，并取得这一非常有利的贸易市场。

在菲律宾的波兰人

在菲律宾的波兰侨民大都是美籍波兰人，而且人数还相当多。他们的组成经常变动，因为那里的波兰人大多是在美国军队里服役的军人，在服役几年后就会回美国去。他们中的一些人在那里完全美国化，但是多数仍能很好地说波兰语，并感觉自己是波兰人。平民当中，最得意的是皮奥特科夫斯基先生，马尼拉铁路公司的经理，他与一个瑞典女人结了婚，已经不会说波兰语。从27岁开始在将军—州长办公厅工作的K先生能说一口非常好的波兰语。在安蒂波洛山区拥有18万平方米土地的H先生在30年前从德国军队里逃出来，在这里经营种植园，并与菲律宾女人结婚，而他们的孩子Mu完全“菲律宾化”了，但仍会讲一点波兰语。1926年4月10日死在马尼拉市的扬·纳波莱昂·塞维茨基先生，是随符拉迪沃斯托克（海参崴）斯塔尔克海军中将的舰队来到菲律宾的。他是处于精神不正常的状态下从二楼跳下的，当即死在人行道上。他留下一封信给他在华沙的妈妈——玛丽·塞维茨卡。

弗瓦迪斯瓦夫·谢尔斯基先生是波兰工业界的唯一代表，他是马尼拉糖厂和巧克力糖果厂的老板。谢尔斯基先生从华沙的扬·弗鲁津斯基公司运来糖果制品，也试图将波兰工作人员引进到哈尔滨的糖果厂，结果并未成功，因为这些人要求的工资过高。

虽然菲律宾众多岛屿归属于美国28年，然而，这些岛的大多数进出口贸易都掌握在外国人的手里，也就是说不在美国人手中。到处都是进口的德国商品，而且其数量每年甚至每月都在增长。原本很多波兰工厂的产品可以在菲律宾岛上找到市场，但遗憾的是，波兰没有人想到，现在也没有人想到这件事。现在波兰工业很少想重新取得不久前丢失的中国北方和蒙古的市场，现在却讲要取得这些新的，像菲律宾或是荷属东印度，现在它们对所有的企业和人都是开放的。

菲律宾的产品可以出口到波兰的首先是黄麻，其次是烟草等。所有这些都在等待公司的人来开发，但令人遗憾的是，感兴趣的人很少。谁如果想移民菲律宾，那应该知道，必须拥有一定的钱（美元），以便能开始经营自己的事业。其次应该懂点英语，对西班牙语有要求，但不是必须的。而在菲律宾“找工作”，完全是不可能的！

东印度

我们把东印度分成英属、法属和荷属。

英属印度，也被称为 Przedgangesowe（与阿富汗一起），在我们这本书中不予考虑，因为它属于中印度，不属于远东。现在那里还有波兰人，但数量很少。这些国家由于自己的财富和很自由的税法与贸易法，总是有机会在未来对波兰的进出口贸易起到很大的作用。

法属印度，也被称为印度支那，属于远东，而这是此书必须高度重视的。在现实中它对我们的利益影响较小，与其他法国殖民地一样。法国人与英国或德国殖民者相比，是坏殖民者，而且还是较坏的行政管理者，为了保护他们在自己殖民地的影响，在那里运用防护体系和中心化的官僚主义。自然，在这种关系下，他们就不可能允许外国人与他们在贸易和工业事务上进行自由的竞争。

还要经过很长的时间，法属印度才可能成为波兰产品的出口地。

虽然有这些不理想的关系，但常住在法属印度即印度支那的波兰人的人数是相当多的。原因是在法国殖民地上有一支军队，是由各个民族的志愿者自愿服役的，被称为外国雇佣军团。这一军团由 40 多个民族组成，而波兰人不仅在大战之前，而且现在，在这一军团中也起到了重要的作用。在军团里服役五年、十年或是更久之后，军团的士兵和军士就可以像法国的公民一样，在殖民地的管理机构里获得一个较低的职位，并可以留在这一职位上，直到死去。自然，波兰人在所有的岗位上都是合格的，是得到称赞的。

位于孟买附近的浦那印度学校，卡齐米日·加特科夫斯基在这里教授了整整四年

在泰国（暹罗）的波兰人中，著名的是居住在曼谷的 D-ra 和皮奥特洛夫斯基姓氏的波兰人。那里的波兰人总共不超过 20 人。整个贸易都掌握在外国人手里。那里进口的最重要的波兰商品是香水、肥皂、酒等，但令人遗憾的是，都是以外国牌子运来的。泰国向所有国家的出口商品都提供了很大的空间。特别有特点的是，在泰国，首先是英国、法国等国家都自愿地放弃自己的治外法权，而保留这一权利的仅是一些小国，例如荷兰、丹麦、挪威、瑞典，也

有战前的俄罗斯。泰国的行政机构、法院和海关的关系完全被调整，过境贸易的进行也是完全正常的。

对波兰和波兰工业，贸易移民拥有最大意义的应该是荷属东印度。所有的不管是大的还是小的岛屿，所有动物、植物和矿业财富都落在了外国人，如荷兰人的手中。不令人奇怪的是，那里的贸易和工业是由全体欧洲人民的力量发现的。波兰人在那里有一个特点，正是因此，波兰人取得了很好的声誉，特别是在石油钻探方面。几十个从小波兰来的钻探工在 Sumatrze 岛、婆罗洲和其他地方工作过，并得到行业专家的很高评价。除此以外，在那里还能找到其他许多在糖厂工作的行家，以及在甘蔗和烟草种植园里当监工的人等。这些职业通常由德国人担任。自然，要到荷属东印度去的波兰人没有做好准备的，较弱的，也没携带在此能维持几个月生活的现金的，至今还不了解当地风俗习惯的，没有学会荷兰的语言的，到那里去是很冒险的。每一个要到荷属东印度的人都应该掌握某种技能，并携带至少 300 美元现金，以能维持在那里几个月的生活。

在荷属东印度的侨居地中，我们同胞中拥有最好地位的是地质学家尤瑟夫·兹维任茨基博士，他在荷兰政府中工作。这位学者曾经承诺，要为我们出版社写一篇有关波兰在这些岛上发展的可能性的文章，然而令人遗憾的是，这篇文章在我们这本书出版之前没能来得及完成，看来可能要到此书的第二版出版时才能印出。

属于荷属东印度的还有半个澳大利亚新几内亚岛。据我们所知，在这个岛上没有波兰人。我们可以回忆一下，在 19 世纪 70 年代，那时，另一半新几内亚岛还处于被占领状态，一个参加过1863年起义的波兰移民在瑞士提出一个计划，想占领新几内亚岛的另一半，并在那建一个独立的波兰殖民地。为了完成这一计划，提议者捐献10万金法郎作为起始资本，给未来的殖民者使用，他还捐出自己的图书馆以及10万法郎。

这一计划受到那些没有想过此事的人的激烈批评。他们提出了上千条指责意见，所以自然就使这一计划夭折。然而，使这些批评者蒙羞的是，20多年之后德国人占领了新几内亚岛的这一半，并在这里建立了繁荣的殖民地。在战争时期，澳大利亚舰队占领了德国的新几内亚岛。现在这一部分新几内亚岛已属于澳大利亚，并在继续发展中。

西伯利亚

沙俄在亚洲的部分包括西伯利亚和土耳其斯坦，占地面积超过 1 600 万平方千米。在这片广袤的土地上仅仅居住着 1 600 万人。因为这种天然的优势，这个国家具备了未来发展的各种条件。

1911 年 3 月 6 日，格罗霍夫斯基的探险队在尚塔尔群岛附近的鄂霍次克海冰原上

西伯利亚的意义是非常重大的，首先有以下几个原因：

西伯利亚的居民和生活在欧洲部分的俄罗斯人是不同类型的人。在欧洲的俄罗斯农民，他们的思想被禁锢在农奴制的记忆里，这个制度在俄罗斯存在了很长时间，农奴们都隶属于特定的贵族，而贵族拥有大片的土地。贵族可以任意地处置农奴们的生命和财产。他可以买卖农奴,玩牌输了就把农奴卖掉。就更别提农奴们的精神生活或是独立的经济活动了。欧洲的沙俄农民在整整一百年的时间里变成了机器，对他们而言，宗教事务和精神生活被局限于仅仅是机械性地完成几个所剩不多也不是很复杂的外在仪式——告别仪式,在圣人和圣徒的画像前行礼。黑暗而野蛮的东正教僧侣们并不提供科学知识，更重要的是沙俄政府看起来对此非常不情愿。

居住在西伯利亚的人则是另外一种情况。经过几百年的繁衍，生活在沙俄殖民地的西伯利亚人在乌拉尔山脉和太平洋之间逐步扩大自己的居住地，他们的心智已经和他们在欧洲的俄罗斯同胞大不相同。除了一定数量的被流放的犯人外，居住在西伯利亚的人主要是一个群体，对他们而言，古老的沙俄政治和社会环境已经令人无法忍受。第一批来西伯利亚的是一群勇敢而独立、性子暴躁的人，但无论在什么情况下，他们的态度都是积极乐观的，这跟他们在欧洲的俄罗斯同胞们很不一样。接着是一批被迫或者自愿来到西伯利亚的宗教人士，他们想要尽可能地远离官方宗教东正教的控制，同时远离来自黑暗的教会及更为黑暗的政府的迫害。最后来的是成百上千个政治囚犯。

所有这些身份不同的居民慢慢融合成一个新的社会群体,这个群体的性格和心智完全不同于欧洲的俄国人。西伯利亚人完全没有底层俄国人那种迂腐的思想，只会溜须拍马和像奴隶般过分屈从,同时又没有信心和充满怀疑。典型的西伯利亚人是大胆的，有独立的意识，带有一点批判的思想。他们很乐意了解新事物和未知的东西，用自己的大脑去思考和评价它们。所以西伯利亚人很感激传教士们所做的工作,这比在欧洲的俄国人要好得多。

西伯利亚人的第二个特点是对天主教非常了解,准确地说不是对天主教的信仰很了解,而是对天主教徒们很了解。当时,农奴们或者说所有在欧洲的俄国人都无法从东正教僧侣口中得到关于天主教的信息，而西伯利亚人却知道天主教的存在，这得益于天主教最高贵的传教者——波兰的流放者，他们在 150 年前进入到这片无边无际的土地。

大多数被流放的波兰人都受过教育,他们因为最高尚的原因而被流放，在当时的政府野蛮的迫害下，他们要保卫自己的信仰和祖国。我们只在此简短地介绍一下,根据俄国人自己的说法,直到波兰人到了西伯利亚，这个遥远的地方才开始了文化和经济的发展。因为在当时,在流放的概念中,“波兰人”和“天主教徒”是一个意思,然后西伯利亚人对“天主教信仰”的印象是非常好的。

这两个原因,也就是说,思想和心智高度发达的西伯利亚人与其对天主教信仰的良好印象使得西伯利亚人在传教的过程中具有奉献的精神。尽管当时让他们改变信仰的尝试还没有成功,但可以提前说的是,这些工作预示着在未来将有很大的希望。

随着被俄国统治征服的省份越来越多,东正教在西伯利亚的发展越来越好。只要是俄国政府所到之处，很快就会兴建新的东正教堂,东正教的神职人员就住在里面,他们相当于政府的官员。到处都是寺院，里面住着文化程度较低的僧人，从传统习俗的角度看，他们跟神职人员几乎没有区别。因为西伯利亚广阔的土地和较低的社会化程度，神职人员都是临时雇用的，所以他们存在各种各样的问题，特别是酗酒的问题。他们对生活在这片广袤土地上的人影响十分有限，因为西伯利亚人的智慧、思维能力和道德观的发展一般都高于许多牧师。

大多数在西伯利亚的俄国人对各种各样的宗教都保持极为开放的态度，却对东正教充满敌意。这主要是因为那些被称为“旧信仰”或是“古老仪式”的教徒，他们并不承认 17 世纪的东正教的改革。因为这个原因，成千上万人被流放到西伯利亚去。他们待过的地方现在被称为“siemiejskich”（这个词来自俄语的“siemja”，意思是“家族”），因为自古以来第一批被流放到西伯利亚的人都带着妻子和孩子。然而刑事犯和政治犯在大多数情况下都有一个特权，那就是他们是独自被流放的，也就是说，他们的家人可以选择留在欧洲部分的俄罗斯，或是自愿地陪着他们一起流放……

信奉旧东正教（东正教古老教派）的教徒在西伯利亚有很多，肯定有 50 万人或许更多。他们是一类联系很紧密的人群，非常勇敢、勤奋和富裕，但他们的思想却非常落后。他们不承认比如说人口登记和登记名册，因为他们认为人口登记是一种要遭到诅咒的行为。真正守旧的犹太人不会用东正教徒用过的餐具，甚至门把手被其他宗教的人碰过，都会被他们认为是不干净的，他们会用沙和水去清洗。

关于对其他宗教的描述，在其他地方已经多次提及。它们一共有十几个，并且在不断地增多。这里简单介绍几个宗教的特点，有天然主义、莫洛肯派、赫雷斯托夫派、阉割派等。

从经济效益和影响来看，阉割派的势力非常大，连沙皇彼得三世(1742—1762)都是它的信徒。其势力遍布整个西伯利亚。他们非常富有,对反叛者的惩罚也非常严厉。

战后,东正教在西伯利亚的情况用一个词来形容就是:废墟。东正教的神职人员再也不能继续他们的传教任务。很多东正教的神职人员被杀害,剩下的人的生活也非常艰苦,毫无出路。基督教的影响变大,但真正的基督教徒却不多。

天主教第一次进入西伯利亚是在 17 世纪。当时波兰和俄国之间多次交战, 许多信奉天主教的战俘被流放到西伯利亚。1665 年, 第一位历史记载的波兰贵族被流放到西伯利亚的西部。但第一次大批波兰人被流放到西伯利亚是在 1772 年,当时波兰被第一次瓜分。共有 10 万波兰人被流放到西伯利亚。

时隔 22 年,到 1794 年,在波兰第三次被瓜分后,第二批波兰人被流放到西伯利亚,共有几万人,他们是波兰军官和平民。18 年后(1812 年),出现第三批被流放的波兰人,因为在战争中,他们站在拿破仑这边。

到 1824 年,出现第四批被流放的波兰人,他们主要是住在立陶宛的波兰知识分子,是波兰的天主教徒。

第五次的规模巨大。1831 年,大量的波兰天主教徒进入西伯利亚,这个时期持续了 25 年,共有 10 万波兰人被流放。他们大部分是理想主义者、贵族、爱国人士和宗教人士。这次流放潮对西伯利亚当地文化和文明的影响巨大。那些人像老师一样教育当地人,建立了图书馆,甚至将图书馆建在人群聚集的监狱附近。

第六次波兰人被大规模流放到西伯利亚是在 1863 年。这段时间,共有 15 万人被流放到西伯利亚。其中有几百人是天主教的牧师，但俄国政府将他们控制在几个地方内活动。

第七次波兰天主教徒迁移到西伯利亚大概是在1890年。主要是为了改善生活，因为当时波兰将要受到俄国的控制，他们将失去工作。当时波兰天主教徒进入西伯利亚的另一个原因是波兰的军人也被流放。俄国不允许波兰军人继续在原先属于波兰的领土上服役。这个时期西伯利亚第一次出现不是波兰人的天主教徒，数量不多，来自德国、立陶宛和白俄罗斯。

第八次流放潮出现在1905年，这些人因为起义反抗俄国政府被流放。

第九次是在1914年世界大战爆发后，大量天主教徒拥入西伯利亚。

运载黄金的武装车队，自雅库茨克的蒂普托河出发，穿过森林，前往阿穆尔的泽伊

格罗霍夫斯基的探险队正在勘测东北港口附近的海岸。可以看到冰原上左侧的三个通古斯人，右侧则是格罗霍夫斯基

很多波兰天主教徒从爷爷那辈起就出生在西伯利亚，尽管他们来自波兰，但在波兰已经没有亲人。他们的产业都在西伯利亚，西伯利亚才是他们的家，波兰对他们来说不过是一个概念。

除天主教外，还有其他一些亚洲宗教也出现在西伯利亚，如伊斯兰教、佛教、萨满教等。

本文简单介绍了西伯利亚的宗教情况。现在应该做些什么？1.保持天主教现有的成果。2.预备更多的神职人员去当地。3.搜集应对西伯利亚内部关系变化的方法，尽快尽可能广泛地完成传教使命：（1）保持和加强天主教在信徒中的影响，充分考虑他们的语言、传统和生活习惯；（2）在东正教徒中进行宣传，如果天主教徒不去西伯利亚，那么他们就会反对天主教徒。

博格丹·罗辛斯基工程师在萨雅斯基山上检查石棉矿

探险队在连接太平洋与北冰洋的白令海峡

对波兰人的呼吁书

波兰人!

我要献出所有的力量，为了在俄罗斯重建这样的法律秩序，以使人们能充分利用公民的自由权利，并把它同反对德国侵略战争中的同盟国结合起来。我认为,现在已必须向波兰人民表明,通过我组织的政府，发出由临时政府所作的对波兰人的呼吁书,这完全符合由联盟国家总理在凡尔赛会议上通过的决议，完全承认波兰人民重建独立的波兰国家的权利和统一波兰领土（包括格但斯克)。

也不可由外国人代理新政府管理俄罗斯境内的波兰人民福利,应该在自治的原则下,保证文化—民族发展的权利,自治的章程在不久的未来，将由政府与波兰人民共同制定，波兰人民为此要选出自己的代表。

不应怀疑波兰独立的未来越来越近，强烈地相信，相互信任和共同的历史目的，为波俄的自愿联盟创立坚定的基础和两国人民同盟者的共同行动，两国人民要拿起武器保卫人民的自由和他们的固有权利的胜利。

临时执政者

季米特里·列奥尼多维奇·霍尔瓦特

1918 年 8 月 14 日　符拉迪沃斯托克(海参崴)

符拉迪沃斯托克(海参崴)的波兰侨民

1863年是波兰侨民在滨海边疆区的起始点,当时X.拉齐舍夫斯基被任命为远东的军队牧师,同时被委任为管理者。那时,波兰侨民几乎全都来自军队,虽然牧师不时来到符拉迪沃斯托克(海参崴),但主要是住在黑龙江的尼古拉耶夫斯克,在那里他有自己的住房,并在此举行宗教仪式。然而,在1875年符拉迪沃斯托克(海参崴)提升到适于建立要塞时,除了军队以外,平民也开始流入。那时,X.拉齐舍夫斯基搬到城里居住,在他的住房里举行宗教仪式。他在去布拉戈维申斯克参加一次庆典仪式时突然去世,人们把他安葬在那里的公墓。他的纪念碑至今还在,1927年,西利沃夫斯基主教指示把它登记入册。

他的继承人是斯皮加诺维奇神父,他也兼任军队神父。

在1885年和1886年有两个波兰人,遗憾的是,不知道他们二人的具体姓名(其中一人叫蒙采维奇)。他们为天主教堂捐赠了一个广场,在这上面建立了房子,房前装饰为钟楼,房后部是神职人员的住房。

乌苏里斯克(双城子)铁路开始建筑时,掀起了一个波兰人来符拉迪沃斯托克(海参崴)的浪潮,他们扩大了那里的侨民数量。在1900年的圣体节,教堂是满满的。在几年之后,布尔维奇神父任教区代主教,建立了一个很简陋的木质教堂。

布尔维奇神父的继承人是拉夫雷诺维奇神父,他想建筑一个砖砌的教堂。这一热心的神父与科文什契兹纳的家族,对波兰侨民做出了很大的贡献。作为一个伟大的爱国者,他组织了一些波兰天主教的活动。由他开始建筑的教堂直到1922年才完成,这时他已经到了Tambowa,去担任副主教的职责。在那里他由于积极地完成其神父的责任,而被布尔什维克所不容。被枪决的最后一刻,他也不曾放弃自己追求的目标。

切帕拉克主教于1909年贡献了新教堂的基础。

在日俄战争之后,不少波兰人来到符拉迪沃斯托克(海参崴)。人们建立了"罗马天主教自愿活动协会",它于1907年开启了第一所波兰初级学校。世界大战引发了波兰人来符拉迪沃斯托克(海参崴)的新潮。那时,波兰人的人数是:军人约为2 000人,平民约为500人,加上知识分子、手工业者和企业家,人数扩张到4 500人。而在整个滨海边疆区、阿穆尔和萨哈林岛(库页岛)上的波兰人——天主教徒总数已达11 000人。符拉迪沃斯托克(海参崴)建立了非常有意义的"波兰文化馆"。由于这个协会的积极倡导,波兰侨民踊跃地参加了地方选举,并使自己的候选人切斯瓦夫·沃尔法

符拉迪沃斯托克(海参崴)的圣体仪式

工程师进入市议会。就像哈尔滨《从远东的来信》于1917年11月29日第8期所报道的那样,这一步是很大的成功。正是他在市议会的工作,使市议会分配给波兰学校相应金额,以维持学校的120名小孩的学业。

波兰文化馆找了两名男教师和一名女教师。他们立即投入到工作中。波兰学校设立了四个班级。

在这一年,人们组织了"波兰军人联盟",后来它改为"人民利益保卫委员会"。符拉迪沃斯托克(海参崴)侨民派自己的代表参加了哈尔滨的"波兰人代表大会"。

波兰人来到符拉迪沃斯托克(海参崴)促进了越来越多的新协会的成立。有些人是从波兰来的,由于他们不了解波兰在国外的关系,以及自己软弱的思想方向,所以不可能明白,波兰人在国外的最主要任务是保护自己的语言、文化和民族的特性,他们开始组织政治—政党色彩的协会。这一试验给许多波兰侨民聚居地带来很痛苦的结果，在符拉迪沃斯托克（海参崴）还是很幸运的，没有产生坏的后果。

人们于1919年在符拉迪沃斯托克（海参崴）成立了“团结”协会，它仅存在一年左右。同一年，“战争委员会”的代表也来到符拉迪沃斯托克（海参崴），而后，是波兰军团在西伯利亚的军事机构。杂志《波兰之声》于1919年12月到1920年3月运作过，而令人遗憾的是，第二个杂志，甚至连它的刊物名字我都不知道。波兰文的书也出版了。

1920年，人们在符拉迪沃斯托克（海参崴）成立了“拯救委员会”，它在波兰政府建立“波兰红十字会”分会后，变成“西伯利亚远东儿童救助委员会”。在这个委员会中最重要的女活动家是安娜·别尔凯维楚娃。

1920年，鲁帕大主教（莫赫莱夫斯基教区）的宅邸设在符拉迪沃斯托克（海参崴）。属于这一大教区的除了符拉迪沃斯托克（海参崴）教区外还有：尼古拉耶夫斯克、哈尔滨、哈巴罗夫斯克（伯力）、布拉戈维申斯克和萨哈林的亚历山多夫斯卡。五个神父（不包含哈尔滨）；天主教徒约11 000人。只有哈巴罗夫斯克（伯力）和亚历山多夫斯卡的教堂是木质的；其他都是砖砌的。第一任教长是卡罗尔·西利沃夫斯基，后来被提升为主教。

布尔什维克“G.P.U”执政后，于1923年7月23日关闭波兰红十字会和波兰文化馆。后者在得到新的法则确认之后不久，又作为新的协会重新开放。

1923年10月28日，西利沃夫斯基教长在哈尔滨升任为符拉迪沃斯托克（海参崴）的主教。宗教仪式由北京来的康斯坦丁主教主持，并在吉林来的加斯皮主教的协助下完成。

“遣返回国委员会”是于1924年8月在符拉迪沃斯托克（海参崴）出现的。

1924—1925学年的四个班级的50个孩子有幸进入波兰学校上学。我们不知道现在这个学校发生了什么事,以及它是否仍在运行。

卡罗尔·西利沃夫斯基主教在符拉迪沃斯托克（海参崴）

波兰初级学校也在 Kiparysow［离符拉迪沃斯托克（海参崴）60千米］和新基耶夫斯克［离符拉迪沃斯托克（海参崴）160千米］运行着。以上两个学校都由拯救委员会支撑着。除此之外，波兰总领事馆还在莫纳斯特尔卡［离符拉迪沃斯托克（海参崴）533千米］支撑一个波兰学校约一年半时间。

在尼古拉耶夫斯克—乌苏里斯克（双城子）还有一个“波兰文化馆”,它于1923年被撤销。符拉迪沃斯托克（海参崴）的“波兰文化馆”在1925年还在运行。它的图书馆在当时已存有5 000册书刊。现在是否还在运行,我们不知道。

在符拉迪沃斯托克（海参崴）及其所在州里,波兰财产的状况是相当可观的。波兰人拥有房子、商店、公司、矿山等等。现在布尔什维克已全部对它们实行了国有化。

日本市场与我们的经济扩展

要在日本市场上发展我们的经济:一是,考虑到我们的工业技术进步和发展的需要;二是,考虑到日本的技术进步;三是,考虑到日本人民生活的特殊体系,及其爱好、传统、习惯。因此,我们从一开始就应该注意到,要在小工业和预制构件的领域内先进入日本市场。

这首先,也是唯一的,涉及原材料和半成品的。在这种情况下,首先要注意的是,缺少连接我们与日本的港口之间的海上交通的困难。这首先使我们的原材料(如石油及其制品)难以进入日本市场,因为它们需要专门的船运设备。相比之下,其他技术困难,如在汉堡装卸商品,就必然增加了商品的成本(运输和装卸的费用)。由于在波兰缺少有效益的技术组织,所以就无法使日本的进口商品与我们的生产厂家建立直接联系,而反过来,或是通过多数日本集团代理人(在汉堡、伦敦、马来西亚等地),或是通过我们生产制造商的联合会在日本的代理人都可取得联系。最关键的是波兰方面缺少这种基本概念，也就是说，人们不知道日本在波兰的经济工业范围内所能起的作用，以及日本在亚洲内部，甚至在国际经济体中所能起的作用。

因此,为了我们的工业能利用这一经济形势,今天看起来,我们还是有可能去兑现的,为了我们的经济发展,我们必须改变迄今为止去找市场的方法,要与迄今为止对日本的一些错误概念告别。

可以毫不夸张地说,如果日本现在还没使自己的工业技术和经济组织的发展达到最高阶层，那至少也是正在走向经济进步和平衡的最高峰。

这一现象引起欧美国家以代理人办公处、贸易代理及不同的进出口公司的形式进行干预，并逐步改变他们的生活方式。当今的横滨就是一个例子:也就是不久之前的社区,三年前被进口商、欧美代理人所控制。他们运作了很大的买卖，但社区仍处于碎石之中,虽然其他社区,就如日本、中国、印度,全部都得到重建,并回归到自己正常的港口生活。原因是欧洲人没有必要回到自己的工厂去：日本进口商人代替了它，分布在欧洲和美国的大多数工业中心的日本办事处和代理人，直接联系欧洲的生产者和日本收货者，而相当一部分产品代替了本地的产品，部分是因为它们的品牌和质量,部分是因为关税的保护。

因此，为结束相对自给自足的经济状态和取消外国中介,日本人没少做介绍。市场对某些原料和半成品的巨大的需求，一方面因为这些原料极其短缺；另一方面因为国家经济生活，特别在战时,对这些物资有大量的需求。

为了说明问题，现列举几个数字：1914 年进口达到 5.95 亿元（约合 2.97 亿美元），1925 年达到 25.72 亿元（约合 12.86 亿美元），而 1926 年为 23.76 亿元。

由于此文的篇幅有限，不允许我细析进口的具体细节，所以仅对日本和波兰之间单方面的贸易交流做一介绍。

以下是 1923 年日本的进口数据：羊毛纱线 5 000 万元，羊毛制品 5 700 万元，铝 1 000 万元，铅 1 600 万元，铁制半成品 8 100 万元，铁的结构制成品 2 600 万元，石油及其制品 3 000 万元，木材 8 000 万元，羊毛呢料 1.21 亿元，棉花 9.83 亿元，等等。

而我们波兰在以上产品的进口中所占的份额是很有限的，总数仅为 35.7 万元（约合 17.3 万美元）。

造成以上这种情况的原因，首先应该是对日本完全陌生，不仅是我们的经济—工业界，甚至我们社会中的大多数人都不了解日本。对和服或伞的热情应该消失，而应变成对日本的整个工业经济的进步的热情。这种热情深植于日本的精神、技术和所有经济力的发展中，应找到这些道路和方法，使我们的工业与日本的收购者相接近，并开拓新的发展场地，而与它一起克服今天所存在的技术困难。然而这些困难战胜了生活，当讲到商品时，仅是好一些，还是便宜一些的话语（例如已完成的铁轨的运送，从 1923 年已经开始运输的羊毛纱线，试运羊毛制品，而最后完成的是价值 200 万美元的“铁”的运输）。然而，没有内容的信仰和奉献不是办法，而必须首先最广泛地展示我们的创造性，也要考虑它的整个历史和发展、扩展，以及它的生产力。波兰的生产者和制造商，如果他们认为应该走进国外市场，即日本，那在一定条件下，这种贸易量就可以达到几百万美元,那就没有权利把这看成是个人的利益,而应是涉及国家双边贸易的利益,这样它的盈利就有几百,甚至是几千兹罗提,以便根据这里的商业和工业范围证明自己的创造性、质量和价值。

这不是一句空话,自从经西伯利亚的运输开放后,平均每个月约有 50 个日本人(不包括经过美国和苏伊士来的)到西欧来进行贸易研究和调查。波兰,当然还有俄罗斯只对过境运输提供服务。我们的商人、工业家、钢铁主应该首先使用火车来拉近波兰和日本的关系,以相互了解他们国家的经济结构、他们的需要和目的。

提出在这些原料、半制成品和制成品的范围内,组织贸易博物馆的想法,这些产品现今都与日本经济结构以及国家工业化和生产现代化联系在一起,同时,我希望,能以简单和自然的方法建立贸易关系。

如商人或制造商要参加这一行动,就必须提供自己公司详细的文件:它的组建、在银行的周转资本、自己的生产工厂和车间、接收市场等等。自己提供的产品,必须要有试用品或样品,要有精细的包装,因为不注意包装会失去日本客户。产品说明书、图表、模型(特别重要),必须有机器的尺寸(码),价格要标美元或英磅,港口选汉堡或日本的一个港口。通信地址必须用英文书写,所有的标识和说明书都要用英文。

在价格上要考虑欧洲市场和期货市场的行情。

对从日本发来的商业问询,都要及时回应。不回应就会削弱客户对我们的信任。只有这样的道路才能取得一定的成果,而跟踪日本经济—工业生活和发展进程以及需求,我们就可以在对日本的贸易中继续占有重要的地位,这样就可以在很大程度上促进我们的支付环节的积极性。

波兰贸易在中国

远在波兰王国时期(1815—1915)工业发展就已经开始,波兰的出口开始转向东方。不仅是欧洲的俄罗斯、高加索地区、“突厥斯坦”地区,还有整个西伯利亚地区都是波兰商品的市场。后来波兰商品终于跨过邻国的边境,在20世纪的前十年开始在波斯、蒙古、满洲市场发挥重要作用,并开始获得中国市场。

虽然这些商品出自波兰三个地区的工厂:罗兹、华沙和比亚韦斯托克,但是波兰品牌却并不为人知晓。上述国家和地区的消费者认为这是“俄国产品”,于是波兰品牌顶着这个名称获得了很好的评价。因为本文篇幅有限,所以不能描述波兰贸易在这些国家发展的历史,也不能详细列出出口商品的数量和质量。尤其是因为缺少单独的统计,贸易额只能是大概的数字。我们只能确认20余年间(1890—1914),波兰商品发挥了最重要的作用,是世界

位于哈尔滨以东 162 千米处小城的“弗拉基斯拉夫·葛瓦里斯基”工厂

大战的爆发隔断了波兰工厂与远东的联系。

战后，波兰又开始关注远东市场，但是速度极为缓慢。诸多的原因妨碍波兰出口商在中国市场占有适当的位置，然而这不能说是正当的理由。因为其他的国家，如德国、捷克、丹麦等同样有着各种障碍，但它们很快开始重新争取中国市场，销售本国的产品，而波兰行动非常缓慢。我们对波兰厂商的不作为和其对中国市场的不感兴趣，以及行动缓慢不做详细描述，而是列举具体的数据，说明中国市场的庞大和何种波兰商品有机会进入这个市场。

1.纺织品。这里需要棉布，厚斜纹棉布、细布、高纱支布，棉被、毛巾、棉线、手帕、毛纺织品、半毛纺织品、人造丝、半人造丝、毛绒、丝绒等制品，中国从国外大量引进这些制品。1925 年，中国引进毛纺织品总额为 14 977 万美元。由于中国和日本的产品质量很差，中国持续多年从欧洲进口这些产品。中国进口这类产品为波兰贸易提供了很大的机遇。罗兹和比亚韦斯托克的产品具有广泛的机会恢复它们在中国市场的销售。同时比亚韦斯托克工厂有机会将大量的毛纺织品和半毛纺织品推向中国市场。在中国居住过和正在居住的波兰侨民中有许多人了解中国居民的品位，他们都能为这类产品进入中国市场提供很大的帮助。

2.机器设备。机器制造业在中国还处在摇篮中，一般只从英国和美国进口，但近几年德国正在这方面进行积极的活动。现在完全可以确定，在不久的将来，德国制造的机器设备将在这个市场上超过英国。但是这并不意味着波兰产品在这个市场中没有未来。这主要涉及农业机械。波兰的犁、播种机、收割机等具有很大的机会占领中国市场。近几年，由于大量的居民迁移到吉林和黑龙江省从事农业生产，哈尔滨的市场上销售有美国、英国、德国、捷克和波兰(虽然数量很少)制造的农具。波兰农具在中国应该有广泛的市场，由于波兰制造商不进行积极的努力，所以没有达到应有的局面。事实上，波兰的商品无论是质量上还是价格上都可以与其他国家的产品竞争。

另外，如果我们的纺织机械制造商(特别是西里西亚省的)努力扩大在中国市场上的销售量，这将是一件很有意义的事情。中国对这类机械设备的需求始终是很大的，主要是指具有中等产量的轻型纺织机器。中国的纺织厂大多是小型的，所以这种轻型纺织机器更符合中国工厂的特点。

3.男士服饰。这里主要需要礼帽和服装。在中国可以销售大量的此类产品。我们的礼帽工厂生产的中档和价格低廉的产品完全可以出口到中国。近几年，在中国市场上大量销售的意大利生产的礼帽制品，很受欢迎。但是波兰产品的地位是微乎其微的。

说到服装，前年中国进口服装总额达200万美元。鉴于在中国中产阶级中越来越流行穿着欧式服装，这一产品在未来的中国会有很大的市场，主要需求是中档和低档产品。

4.水泥。由于日本和中国本地产的水泥较劣质，中国进口波兰水泥的可能性是很大的。当然这里是指散装运输。波兰产的水泥已经出口到巴西和中东国家，可以大胆地在这里的市场上进行竞争，并保证销量。最近一年，中国进口水泥总额达 150 万美元（大约 1 500 万兹罗提）。

5.食品。波兰有望向中国出口的食品有：糖、啤酒花、蘑菇。中国进口的最主要的食品之一是糖。中国具有很好的气候和土壤条件，在北方种植甜菜，在南方种植甘蔗，本不应该从国外进口这一食品。而实际上中国每年进口价值 7 200 万美元的糖。我们在这里不想对这个现象进行分析。我们只简单介绍两个在哈尔滨附近的糖厂：一个在阿城，另一个在呼兰。这两个糖厂的产量在整个中国的糖产量中只占很小一部分。这是两个日本糖厂，地处南满铁路旁，仅仅能够维持生产（其中之一已经关闭）。其他的糖厂仅仅能够满足厂区附近地区的需求。因此，中国增加了从台湾、荷属东印度，以及更远的海岛的蔗糖进口。近几年，中国开始从德国、捷克和波兰进口糖。波兰的糖（主要是卢布林生产的）在中国市场上销售量很大，中国没有增加进口量，是因为中国计划对这项产品实行特殊的进口税而没有成功。中国迄今为止进口税率为商品价值的 5%。提高进口关税没有欧洲帝国和日本的同意是不可能实行的，因为中国进口关税的收入是外国人在管理。而中国征收的是地方税，或者是消费税。那些强国，如日本，有能力拒绝为从本国进口的糖（主要是从台湾岛生产的）交付这项高额关税，而从波兰进口的糖则没有人出面拒绝这项关税，所以波兰的出口自然就停止了。

啤酒花主要由日本和捷克向中国出口。波兰为中国提供的啤酒花样品质量很高，所以可以用于这里啤酒厂的生产。

波兰蘑菇出口到中国已经几年了，在市场上很受欢迎。遗憾的是无论是商人，还是消费者都不知道这是波兰蘑菇，是波兰东部地区出产的蘑菇。犹太商人将蘑菇出口到德国，在德国标上德国商标，作为德国产品出口到中国和其他国家。一千克干蘑菇在这里的零售价格为 7.35 墨西哥元(2.82 美元)。

6.建筑材料。出口到中国的建筑材料主要有：木门的金属包头、炉具、钉子、螺丝、架桥的铁梁，年出口额达 200 万美元。波兰有许多工厂可以生产这类产品提供出口。在大多数的情况下，这里需要的是高质量的建材，因为在外国租界区里和一些中国居民区建起的是大量整齐的，甚至是奢华的楼房。在这里发生过这样的事情，波兰工厂应邀向中国提供居民住房木门的铁件包头样品，它们提供了合页、门把手等产品，但质量和工艺水平太差，就连普通的中国人建自己家的猪圈都不会用。显然波兰人普遍认为，这种质量的商品对于中国足够了。实际上在中国居住的欧洲人的生活水平远远高于波兰同一等级的人的生活水平，中国富有的人也在努力追求和欧洲人一样的生活。

7.玻璃。中国工厂生产的玻璃质量不好，质量好的玻璃从不同的国家进口，最多的是从比利时进口，最近几年从捷克进口。每年进口玻璃和玻璃制品价值约为 200 万美元。波兰玻璃制品厂可以在这里找到大量的销售渠道。

除了上述的商品之外，还有很多商品在适当的条件下，可以在中国找到市场。例如：虽然中国具有丰富的煤矿资源，但是每年进口煤炭价值约 2 000 万美元。中国进口煤炭的同时也进口石油，每年中国要消耗价值 5 000 多万美元的石油，这些散装货物的运输主要靠中国自己的商船。波兰的商船还在初始阶段，所以对于这个问题只能留到将来考虑。

还有许多上述没有提到的产品也完全可以进入中国市场。例如餐具、化妆品、化学制剂、药品、果酒、搪瓷产品、铁路配件等等，有能力的商人或公司代理人可以将这些产品推向中国市场。一切要靠销售的条件和出口商的能力。

现在我们简单地分析一下，为什么波兰有许多好的产品，然而至今在中国市场上甚少销售。

1.在与中国的贸易往来中，波兰商人至今对中国进口商的要求知之甚少，而这些要求是起决定性作用的。波兰商品的价目表和目录根本没有参考价值。价目表中没有有效货币的价格，商品介绍也不充分，机械设备构造中没有关于配件的说明，这里的市场非常关注这一点，甚至一句话也不提付款方式，所以也就没有愚蠢地标注“付全额现金订货”。这种商品目录和价目表只能在中国商店里当作肥肉和其他食品的包装纸。

除了上述要注意的问题外，提供给中国的商品目录应该有漂亮的页面和突出的广告风格。另外还要无条件地提供样品，看不到样品中国商人是不会订购的。

2.第二个影响波兰贸易在中国发展的原因是商品的外表不够精致，包装不好，或不合适。在善于推销自己产品的大师眼里，如美国人、德国人，我们看起来就像是在世界贸易里刚刚起步的实习生。运到中国港口的波兰商品的包装只能符合最低的标准。我们看到巧克力的包装箱子像装粮食和布匹的箱子一样。对于顾客来说,这种行为是商业外行,也就是说不重视,不精心。

3. 波兰出口商提出的付款条件对于中国买家来说是不可能的。十分必要的是，一家有信誉的波兰银行应与美国或英国在中国经营的银行建立稳定的合作关系,方便贸易往来。

4.在德国汉堡港口通过海运来运输波兰货物是非常不利于及时供货的。应该首先考虑的是用波兰船只建立海运联系，从波兰的格但斯克—格丁尼亚港口直达上海、天津和大连。

需要尽快实施的最重要的要求包括：

1.举办波兰产品样品的固定展览,至少在上海和哈尔滨开始,下一步在其他的中国大城市举办。这样中国买家可以在本国了解波兰商品，根据展出的样品订购所需商品。展会的组织者应有参展商的授权,并签订贸易合同。

2.逐步地、系统地建立固定的波兰商品仓库。经过对某个省的市场进行调查后，应该建立商品仓库以存放当地销售量最大的商品。中国的批发商不用几个月或更多时间等待提货，而是可以立即从仓库中提货。如果仓库是由专业的和可靠的人来管理的,就一定会取得成功。

3.波兰和中国签订条约后应在中国较大的商业城市建立商业领事馆。首先要考虑的城市有上海和哈尔滨,下一步是天津、汉口等城市。领事的职务，或者是领事处的商务报告应该交给那些了解这个国家和居民,了解他们的语言、风俗、国家和社会机构、经

哈尔滨以东 272 千米横道河子站附近，弗拉基斯拉夫·葛瓦里斯基林场中的铁路

济环境的人来负责。如果将这个工作作为美差提供给那些投机分子，他们只是将在远东的生活看作几年的流放，以及能到更美好的地方工作的过渡，如西欧，将会是百害而无一利的，并会将这项工作耽误几十年。刚刚从欧洲来到远东的人，必须首先经过几年的时间来熟悉这里的关系，之后才能够成为有用的工作人员。那些临时来到这里的公司，仅仅根据表面现象处理问题，一定会做出不正确的决定并造成混乱。

4.上面所述的所有在中国发展波兰贸易的条件应该马上予以实施。现在的内战会破坏那些在中国有治外法权的国家的贸易。不享有这一权利的国家（如德国）获得中国人的好感，并利用现有的关系来巩固自己的影响。如果波兰政府和社会不去利用这个方法，损失将不可弥补。

工程师　卡齐米日·格罗霍夫斯基

波兰企业在中国

所有因命运驱使来到中国的波兰人,除了部分在铁路和机关单位工作,其他的人都从事工商业。

波兰企业是以积极的方式出现在中国的,就像是在西伯利亚一样。成百,甚至上千人都努力建立独立的小工厂,一方面为了工厂主有可靠的工作和生活保障,另一方面可以为同胞提供收入。可以骄傲地说,波兰人总是支持自己人,支持那些刚开始创业的人。他们发展事业,总是依靠长者和有经验的人的帮助。当然也有人靠自己的努力取得成功,这些企业也像在国内一样,有优点,也有缺点。

若想将现在在中国的波兰工商企业做个详细的统计和分类是不可能的事情。大多数的企业都是自发建立的,类型多样,有类似美国的大型企业,也有小到仅有几十美元注册资本的企业,还有的企业是靠贷款建立的。

波兰在中国最大的企业是弗拉基斯拉夫·葛瓦里斯基先生开办的林场,他从中国政府那里获得六片森林供伐木,面积达 5 410 平方俄里。林场位于哈尔滨东部,在东北铁路亚库尼和穆棱站之间。这片林场覆盖着茂密的森林,最多的是雪松,其次是冷杉、落叶松、白蜡树、栎树、蔓绿绒属树木、核桃、榆树、椴树、菩提树和杨树等。林场树木贮量达 2 832 万立方米。林场提供铁路的枕木和木柴,提供建材、原木、松木板、小木板、地板、杨木、生产用火柴、矿井支撑等。在林场中有 94 千米长宽轨铁路,25 千米 De.Co.villeia 制式铁路,8 千米钢丝起吊铁轨和 250 千米公路。另外还有七个车间的锯木厂,面积 9 600 平方米的住房,32 000 平方米的临时住房。工人数量 2 000—8 000 人,绝大多数是中国人,专业技术人员 90—300 人,其中多数是波兰人。

弗拉基斯拉夫·葛瓦里斯基在吉林省拥有林场

在林场里还有林业实验室、学校和图书馆。公司为各部门订各种报纸,公司为林场的经营至 1923 年共花费 1 010 万美元。

林场取得不凡的业绩主要是老板弗拉基斯拉夫·葛瓦里斯基先生的功劳,他从 1898 年至今一直坚持工作在乌苏里和满洲里地区,并证明了尽管条件艰苦只要努力就可以取得成功。

在这里介绍所有的波兰企业是不可能的,因为它们有几百个,但是与弗拉基斯拉夫·葛瓦里斯基先生的林场比,它们规模太小了。这里值得一提的是艾雷瓦斯基先生的办事处,他从事宣传工作,目的是向中国人介绍波兰工业,并建立波兰与中国的贸易关

哈尔滨莱维茨基先生的办公室中，从右至左依次为莱维茨基、海沃斯、罗冉邦德、左温多夫斯基，站着的是奇什其斯

系。兹杜艾夫斯基先生代表24个波兰工厂，是波兰冶金工业出口协会的全权代表。

波兰比亚斯托克公司在哈尔滨设立了毛纺织品仓库，公司由阿尔金工程师管理。在哈尔滨、天津、上海及中国其他大大小小的地区成立了许多波兰公司，它们致力于将波兰的产品推向中国市场。所有的为此目的不懈努力的人都是值得尊敬的，因为波侨在中国的明天只能靠他们的努力和奋斗。万事开头难，我们要想在国际贸易市场上迎头赶上，总是要经过多年的努力的。所有的，甚至很小的在工商领域的创意对我们在这里的生活都是有意义的，因为它们能够为我们的同胞创收，同时也是我们在远东进行文化生活的基础。

晚宴上的中国和外国商人。由于这些商人进口了大量波兰商品，齐格蒙特·杜莱夫斯基先生在上海组织了这次晚宴

在蒙古的贸易关系

蒙古很久以来就是欧洲商品最大的消费市场之一，世界大战之前进口的俄国商品占主导地位，其中一半以上是来自波兰的罗兹、华沙和比亚韦斯托克的产品。这种状况一直持续到 1914 年，世界大战爆发之后，形势发生了急骤的变化。波兰的工业区被德国人占领，而俄国本国市场的商品也出现极大的紧缺。所以蒙古出现了非常困难时期。在远东的市场上唯一的供应商是日本，然而日本无法满足这么大的市场需求。日本商品供应到蒙古量少，而且质量又很差。蒙古人被迫将个人的需求控制在最低限度，尽管他们当中许多人家中积攒了大量的物资，这些物资包括银两、马匹、羊和骆驼，但他们还是不得不开始过一种类似原始人的生活。

欧洲战争结束后，状况开始改善，但是速度非常缓慢。原因之一是俄国内战，许多原来的进口商无法回到他们熟悉的蒙古地区。另一个原因是一些新的进口商(数量很少)不熟悉蒙古人的市场需求。这种状况持续至今。

进口到蒙古的商品

蒙古最需要的商品有棉制品、廉价成衣、长筒靴、香皂、线、布匹、糖、香烟、搪瓷或铜质餐具等等。每年运到蒙古的商品有多少很难确认，因为进口商品是从几个方向运进蒙古的。南面从天津到卡乌干，北面从西伯利亚边界入境，特别是陆地运输从维尔赫涅乌丁斯克(音译)到基亚赫塔(音译),还有从蒙古南部穆克丹(沈阳——译者注)和长春地区的各个火车站入境,最后从中东铁路的海拉尔和满洲里站运入。

从天津到卡乌干进口的商品总额比较确切,可以作为一个例证,在 1923 年进口额为 6 640 000 美元。由此我们可以断定整体进口额应该高于 2 000 万美元。而进口、出口和国内市场的总贸易额达 5 000 万美元。

蒙古出口商品

蒙古出口的最主要产品是:羊毛、驼毛、皮革、鬃毛、牛羊脂、盐等等。虽然肉的出口占蒙古出口最大份额,但本文不予关注。碱的生产和出口量很小,因为缺少技术力量和资金。

出口的途径与进口的途径一样,我们只掌握从卡乌干到天津出口产品的较详细的数据。在 1923 年,从这两个城市出口的原料产品:羊毛 130 000 捆、驼毛 13 000 捆、绵羊皮 4 200 000 张、山羊皮 3 500 000 张、牛皮 850 000 张。数量最多的皮毛有:旱獭、浣熊、俄国貂、松鼠、狐狸和狼。除此之外,从农业地区出口到北京、天津的还有大量的黄豆、大麻和甘草等等。

出口原料商品总额大大高于进口总额。

贸易

蒙古贸易现在主要是在中国人手上。可以预计,他们掌握整个贸易额的 60%。在他们之后是蒙古人,占 20%。占第三位的是满洲和中东铁路车站的居民,日本人、犹太人、鞑靼人和俄罗斯人,占 10%。占第四位的是苏联"夫涅什托尔克"(莫斯科外贸委员会),占 7%。占第五位的是英美公司(通过中间买卖),占 2%。

现在在这个舞台上出现了德国公司的代表,了解德国人的韧性和组织性的人一定会相信,在不久的将来他们会占领蒙古进出口的主要地位。

苏联政府做了大量的努力,为了将蒙古出口产品从乌尔噶运出,通过维亚赫塔到维尔赫涅乌丁斯克,从这里走萨巴依卡利亚铁路,通过赤塔、满洲里和哈尔滨车站到符拉迪沃斯托克(海参崴)。俄国人的努力根本不起作用,因为中国和其他国家的商人认为从卡乌干到天津的路更安全更方便。同时为了加强苏联和蒙古之间的关系,苏联"远东革命委员会"将到蒙古的商品的关税降低一半。但是苏联和蒙古之间的贸易并没有增加。

苏联模式的影响

现在乌尔噶的经济是按照苏联的精神和模式进行的。现在有“Minnarchoz”(国家畜牧部)、“蒙古银行”、“Moncenkop”(蒙古合作中心),以及由上述三家单位建立的股份协会“Mongolstroj”,就是蒙古股份制联盟。

交通

蒙古的铁路很少。最大最长的交通干线是:北京—修远连接终点站卡乌干铁路,南满铁路(日本管辖),中东铁路(苏联、中国管辖)和萨巴依卡利亚铁路,就是赤塔铁路(苏联管辖)。

纯属于蒙古的铁路是日本人建造的。第一条从西平通过洮南府到齐齐哈尔;第二条从这条铁路到东隆诺尔(音译);第三条铁路线还没有开始建,但是已经设计完成,洮南府—洮尔车—哈拉哈,与中东铁路在海拉尔站、察瓦依诺尔站或者满洲里站会合。

因为蒙古没有大的河流或不可逾越的高山和沼泽,所以这里机动车交通快速发展。贯穿整个蒙古的最主要的交通是公路,从卡乌干通过乌尔噶(首府)、基亚赫塔到维尔赫涅乌丁斯克(萨巴依卡利亚—赤塔铁路站)。在交通条件不好的地方,所有的运输,无论是客运,还是货运,都采用牛、骆驼、马、骡子拉的两轮车。这种运输方式很少采用,只是在那些荒芜的沙漠地区才用。在蒙古的大多数地区,主要的贸易运输季节有六个月,就是从 10 月到次年3月。

整个蒙古都有国际电报覆盖，国际电报是属于丹麦人的，并由他们经营。除此之外，还有独立的中国电报，在卡乌干有无线电报站。

英国人和日本人对蒙古特别重视，因为他们现在在蒙古的活动完全依靠俄国的影响力，就是靠苏联红军的帮助，他们认为现实状况不能再继续下去。

一小部分居住在蒙古的波兰人对于波兰贸易和工业来说是很重要的，因为他们了解当地人的需求和爱好。他们对于重新建立波兰与蒙古因为战争和俄国革命而中断的贸易关系起到重要作用。

与蒙古贸易的前景

所有的资料显示与蒙古的贸易关系会有更大的发展，因为这个地区是欧洲商品最大的消费市场之一。战前波兰商品曾经是最受这个地区居民欢迎的，所以我们的商品重新获得这个市场应该只是时间问题。这一切都要靠我们的企业家和商人表现出的事业心与能力。

1927年秋，格罗霍夫斯基探险队在蒙古巴彦淖尔湖勘测盐矿

亚洲远东波兰人的需求

我应哈尔滨行动委员会的要求，写一篇关于侨居中国的波兰人的需求的文章。我想简单地阐述一下，本文是根据我在亚洲远东国家居住的22年里，通过观察所得出的最主要的看法和意见。同时声明，我个人的看法从不强加于人，我愿意就每一个问题做出更详细的论证和解释，所写的一切问题均由我个人负责。

亚洲的远东国家如中国、俄国在未来的几十年中将一直是有能力和有产业的民族扩展贸易与工业的领地。波兰人在任何方面不比英国人、德国人和其他民族差，而他们利用自己民族的贸易和文化进入这些地区，产生了影响，并为本国赢得了实惠。波兰人要在远东地区占有相应的地位并赢得未来，就必须履行这个地区一系列的要求。

Ⅰ.贸易

波兰人进入远东的最重要环节应该是进出口贸易。不发展波兰贸易，在远东等待波兰侨民的将是消亡。我们办的学校将没有用,因为没有人来上学,波兰人建的教堂将交到别的民族手里,我们的外交机构将变成一潭死水，只是给少数几个过境的人办护照,我们几代侨民迄今为止的工作将付诸东流。

在前面关于波兰贸易在中国、蒙古和印度的文章里,我谈到了我们进入这一地区的可能性，指出了需要采取的措施。波兰在与中国签订条约后应立即在上海、哈尔滨，进一步在天津、乌尔噶、广州(或香港)、汉口和其他一些城市建立商务领事馆。我还谈到过在中国最大的商业中心城市举办波兰商品展览，在远东建立有销路的商品仓库,由波兰出口协会或我们的工厂主协会管理。从波兰港口运往远东的商品,应该在从工厂运往格丁尼亚和格但斯克港口时给予税收的优惠。应该考虑,波兰是否能为我们出口到远东的产品实施退税制度。我们的“国家出口研究院”，将获得非常广

1913—1914年,格罗霍夫斯基探险队在西伯利亚东部,勘测新的从鄂霍次克海到科雷马河的商路。

泛和有回报的工作领域，只要它不想成为一家只回复各种公文、死气沉沉的官僚机构，只做一些能够成为历史档案的理论研究，甚至不想从波兰向中国出口任何商品的机构。

建立从我国波罗的海港口到上海、大连、符拉迪沃斯托克(海参崴)和日本港口的海运航线,开始阶段至少每年六个航次,这应该是最基本的要求。

为了方便付款，应该在华沙建立独立的“出口贸易银行”,现有的某家银行也可以经营这项业务。

Ⅱ.学校

对于远东波侨的未来,第二个重要问题是学校。

这里我们必须考虑的问题:第一,在远东国家的波兰学校;第二,在波兰的波侨学校。

从本书的文章中可以看出,那些东西伯利亚、中国等地的波兰学校起到的作用是多么重要。由于众所周知的原因，我们现在无法描述在西伯利亚的波兰学校。现在只有在中国领土上的波兰学校比较兴旺。我们在这里介绍一家中学，就是在哈尔滨以显克微支的名字命名的中学和几所小学。

a.中学

关于中学我必须强调的是,中学全日制教育的特点应该并必须保留。我们经常听到一种意见说，应该将这所学校变成一所能够培养我们的学生在本地,也就是中国,找到工作的专业学校。这种意见太肤浅了,实践中是无法实施的,甚至是有害的。显克微支中学是一所教授科学的中等学校，现在到这个学校学习的是来自吉林和黑龙江省的波兰学生。在将来很有可能会有从其他的省份和远东其他的国家来的学生。很难要求所有来学校学习的人都喜欢学习专业知识，为了能在远东国家找到工作，也就是在贸易、金融领域或各种企业里的工作。各国的实践告诉我们，在各种专业职能学校学习的学生，不只是来自某个有限的地区，相反他们来自广泛的地区，每一个地区都有专职负责教授这种或者那种技能的机构。

战前我们看到，到符拉迪沃斯托克(海参崴)"东方学院"学习的四分之三的学生是来自俄罗斯内地的，而符拉迪沃斯托克（海参崴）中学的学生大部分是到托木斯克和莫斯科上学的。另一个例子是我们在特柴夫的海洋学校。理论上说，到这个学校学习的应该只有波美拉尼亚人，而事实上大多数学生来自维兰什切兹纳和小波兰地区，波美拉尼亚人更愿意在波兹南大学学习。

大多数学生愿意了解新的和吸引人的东西，而不是那些平平淡淡的东西。在哈尔滨显克微支中学通过成人考试的学生中，我们看到了这种情况。每一个学生都希望到波兰读大学，而为了实现这个愿望他们必须做出很大的牺牲。他们中如果有人没有去波兰上学，都是因为缺少经费。

除此之外还有第二个理由，生长在国外的波兰儿童，在成为青年人时应该回到波兰。在外国生长的儿童如果不上波兰学校，就会逐步地被剥夺和失去波兰民族性，更重要的是波兰精神。在北美我们的侨民中就有这样可悲的例子。众所周知，那里的第三代波兰人已经完全转变为美国人了。虽然在亚洲的远东国家没有达到这种程度,然而周围的环境也是不同的文化、语言和风俗。但是从其他居住在远东的欧洲国家的侨民的例子中我们看到，由于没有接触本国文化的渠道，他们只能在自己人中，或在自己的祖国了解本国文化,出现了民族退化。我举葡萄牙人作为例子,他们除了在澳门外，几乎每一个中国港口城市都有大量的葡萄牙侨民。虽然他们保留了葡萄牙语和自己种族的纯净，但是还是吸取了一些负面的特点。英国人、德国人、斯堪的纳维亚人、法国人等等，不把他们看作欧洲人，将与在中国出生和成长的葡萄牙人联姻视为与中国人或蒙古人不恰当的婚姻一样。所以出生和成长在远东的波兰青年应该到波兰学习三到五年，以便在思想成熟阶段从纯正的波兰源泉中吸取知识。这不是仅指男孩子，更重要的是女孩子,她们在更大的程度上影响着民族性的退化。在将来,她们要在家庭中保持波兰精神，要以波兰习俗和文化培养下一代,代替丈夫用热爱祖国的思想培育后代，因为丈夫忙于工作和事业，没有时间和条件做这件事。如果妈妈会说波兰语,但是英语、法语说得更好,或者俄语说得更好,而其他方面与波兰没有任何联系，关于波兰只有一种对异国的想象，就像关于意大利一样，这样的妈妈会培养出什么样的孩子呢?

另一种想法也是不合适的,甚至是有害的,就是将波兰学校，就像哈尔滨的显克微支中学，改成外语学校，主要以英语和法语教学,同时教授波兰语。采取这样的教育方式,男女毕业生可以比只教授波兰语的学校的学生更快地找到工作。可是全日制教育的中学并不是以尽快找到工作为目的的。它的任务是不同的，是更广泛的。这样做与那种将中学改变为以与远东做贸易为教学目的的想法，一样是错误的。并不是所有的人都愿意从事贸易工作，也不是所有的人都想当老师。全日制教育学校打开通向各种专业的道路。专业学校中只有部分学生喜爱所学的专业，其余的学生只是被迫的，因为没有其他的选择。他们当中会出现不满的情绪，对这种被迫的职业不会喜欢。

保持显克微支中学的全日制教育特点是对的，甚至是必须的。当然应该注重改进，引进实践和道德教育，应该在不同的程度上改革教学内容。自然学科教学中应增加关于中国生长的动植物的知识，因为我们的学生对这些概念认识很模糊。地理教学中应该重点介绍远东地区（俄国和中国），而不是非洲或澳大利亚。波兰文学教学中应注重我们的“西伯利亚文学”，就是指波兰作家关于西伯利亚的作品，或者有关西伯利亚题材的作品，以及关于中国、朝鲜、日本和印度的文学作品。我们的学生对于这些问题知之甚少，甚至没有概念，有谁会像他们一样，对了解波兰人在西伯利亚和远东做出的对文化和科研方面的贡献更感兴趣呢？

同时应该引进独立的关于东方（东方学）的教学课题，并将其列为两个高年级的必修课，就是七年级和八年级学生。这个课题曾在 1921 至 1922 学年教授过，但是没有作为必修课，也没有考试，所以大多数学生不予重视，课程逐渐停止了。这个内容的教学应该恢复，并给予足够的重视。

关于在学校开办中文课，我遗憾地指出，这几乎是不可能的，至少效果不好。我们中学的功课特别多，我们的学生的波兰语水平不够高，所以每周只能安排几小时的中文课。这个课时肯定是太少了，我们的学生只是在浪费时间，甚至连最基本的知识也掌握不了。在哈尔滨的俄国全日制教育学校里的情况相同，那里也有中文课，而且课时也比我们多许多，尽管如此学生也只是学到很少的东西，时间都浪费了。在一些专业学校的情况有所不同，他们连续几年都教授中文课，每周五至六小时。就这个问题我咨询过哈尔滨著名的汉学家，他们都与我的看法相同。

应该引起我们的教师特别注意的一个难题是，如何培养学生树立西欧道德和公民意识。应该永远记住，哈尔滨像世界上所有人口众多的国际城市和港口一样，那里的人们为了生存、为了钱而做出了一些不尊重法律或者违背道德的事情。这种氛围经常对我们的青年人产生不良的影响，所以对学生进行道德和公民意识教育比学校所有的理论科学教育都重要得多。

b.商贸学校

不是所有的上学的波兰青年人都能完成中学学业。在六年级的学生中我们可以发现，有一些学生知识水平发展不达标，无法通过考试和上大学。这些青年人在实践能力方面水平可能还很高，应该为他们办专业学校。最适合办中等商贸学校，学期三到四年，考虑到经费问题，最好办夜校商贸培训班。在商贸学校里应该教授英文、中文、会计学、英文和波文商贸通信、商业地理、商品学等等，还有设计和打字，还应该教授波兰文学和历史的简明教程。为了练习外文，部分课程可以用英文授课。这种学校可以填补对那些喜欢实践的青年人的教育的空白，同时也要做好准备，建立和开办这种学校，虽然是夜校，成本也是很高的。

c.侨民学校

除了远东地区现有的学校和那些应该在这里建立的学校外，

还有一种类型的学校可以为波兰经济文化在海外传播起到重要作用，就是“波兰侨民学校”。这种学校早晚要建立起来，不仅是远东地区需要，而是所有有波兰侨民的国家都需要，这种学校要建立在波兰，要将那些有能力、有精力的人培养成未来的经济文化方面的人才，以便他们将来能够活动在所有那些为波兰的贸易、工业和移民打开大门的国家。在所有有大量海外移民的国家都有这种学校，对于我们来说，最重要的样板是英国和德国的侨民学校，因为它们培养出大量的有能力的先锋战士，它们为促进本国和外国之间关系的发展和加强做出了贡献。通过上面的两个例子，我认为德国的侨民学校对于我们更好些，也就是更适合些。原因是这样的，英国在世界各地都有殖民地，有强大的海外贸易和工业，以及有力的政府支持。所以，英国人为在海外工作做准备时与德国人完全不同，德国人在海外没有殖民地，与外国人建立贸易关系必须靠个人的努力和坚持，没有外来的支援和帮助。英国人几乎在世界各国都有现成的公司、股份联盟和企业，他们能得到这些机构的帮助，也可以在其中轻松地找到工作。而德国人必须一切靠自己的力量，事实表明，他们在每一步上都比英国人强。波兰人同德国人一样没有殖民地，在海外的侨民区处于初步组织阶段，企业在外国必须自己创业，而波兰政府的帮助，从根本上说，不会很大，常常只是精神上的支持。

“波兰侨民学校”应该尽早在波兰建立，而且应该适应实际需要。全日制教育科目应限制在一定的范围，应设置与将来工作有关的科目，如贸易、技术和经济。外语学习应由学生自行挑选一种或两种最主要的所在国的语言，如英文、葡萄牙文、西班牙文和荷兰文。对于将来要在亚洲远东国家工作的学生必须从下面的语言中选学两种：中文、英文、日文、俄文、荷兰文和马来西亚文。我不赞同为居住在法国的侨民举办两至三年的培训班，因为在这个国家的波兰侨民去民族化的时间比在美国短得多，所以这个问题应该区别对待。

西欧国家的侨民学校作为样板值得借鉴的有维泽汉乌泽（音译）（德国）的“侨民高等学校”。为了扩大本民族的经济和文化实力，这所学校在战前和战后向海外输送了几百名精心培育的专业人员。如果波兰人也有这种类型的学校，那么海外波兰侨民区就会得到波兰贸易、企业和文化在海外的开拓，这样也可以减少输出那些失足和无为的青年。他们没有工作能力，只会破坏我们在海外的声誉，使波兰民众不愿意支持海外侨民的发展。

d.小学校

在远东的波侨中，波兰小学也起到了很大作用。在本书许多章节中提到的侨民区，都应该建立波兰初级学校。本书中的记录并不全面，事实上在每一个有十几个波兰学龄儿童的地方都应该建立波兰小学。

这件事完全要靠资金支持。分散居住的波兰人，大多数都不富裕，每个月20—50美元的教师或学校费用他们都付不起。而这样一个费用可以拯救许多波兰儿童，避免他们失去信仰和民族性。

对我们的侨民帮助很大的还有寄宿学校，就是接收穷人家孩子的养育院。现在在哈尔滨有一所寄宿学校，这是根本不够的。应该扩大和改革这种学校。这样的学校应该在上海再开办一所。

e.助学金

哈尔滨显克微支中学的毕业生和我所设想的波兰商贸学校的优秀学员应该无条件地到波兰上大学。这件事的必要性，我已经在前面文章里论述了。事实证明，所有完成中学学业的学生都非常愿意到波兰上大学，只是缺少经费阻碍了他们。有的中学毕业生为了筹到上大学的经费都等了 3 年了。鉴于这种情况，我在 1927 年夏天向 7 家波兰单位提出申请，要求帮助我们的青年人。应该高兴地指出，国内对我的申请给予了极大的同情，作为第一批成果,3 名中学毕业生得到了 1927 到 1928 学年在华沙和克拉科夫大学的助学金。我希望明年其余的毕业已久的学生和今年即将毕业的学生能继续获得助学金。

Ⅲ.教会

在本书前面许多章节中,我们介绍了教会在远东波兰侨民区为维护波兰民族、语言和文化做出的贡献。多年实践证明,波兰人长时间或一生在国外就会对宗教漠不关心，在很多情况下还会对民族漠不关心。所以在这些国家保持波兰的教区、教会和小礼拜堂是最重要的需求之一。来自波兰或者是在波兰培养的神父最了解波兰人的特点、习惯和精神，他们对波兰侨民起到的作用远比外国国籍的神父大得多，尽管外国国籍的神父们也是最好的神职人员和最值得尊敬的人。由于我国的历史原因，波兰的宗教和文化之间的联系非常紧密，对于绝大多数人来说，宗教和文化已经是不可分割的整体。

很有必要做的事情是，在每一个地方，哪怕是只有几个波兰家庭的地方，建立小教堂、小礼拜堂，或者有一个独立的空间，在平时将孩子们集中起来读书、写字、学习教义、讲述波兰历史和唱歌；在周日和节日，在没有神父的情况下，由一位长者（具有神职许可）主持相应的祈祷。这样就会减少波兰人参加东正教会以及其他各种教会的礼拜的人数。应该有足够的波兰神父，以便在每一个侨民区，哪怕是只有几个波兰家庭的地方，保证波兰神父能够至少一个月来一次。

在建设教堂和小礼拜堂时，应该成立只有波兰人组成的建设委员会，建设基金也只能在波兰人中间募捐。以另外一种方式组成建设委员会经常会引起误会，这些误会对教会事业很有害，应该坚决避免。在N市就发生了这样的情况，波兰人为建教堂募捐了14 000卢布，而立陶宛人只捐了25卢布。尽管如此，立陶宛人在有关教区和教区学校的问题上始终与波兰人唱反调，他们的根据是，他们“也为建设教堂捐款了”，要求在增加的弥撒中取消波兰语，在教区的学校里他们根本不想听到波兰语。因此在教会学校里，大多数课程都是用俄语教授的。如果当时波兰人不要立陶宛人的25卢布就好了，那样波兰人就可以根据自己的意志，没有任何的强迫，允许立陶宛人每天到教堂用立陶宛语做礼拜和唱诗，礼貌地将他们视为客人，而不是被迫忍受他们敌视的态度和许多与宗教无关的行为。

波兰教堂和小礼拜堂应该永远为各民族的天主教信徒敞开大门，只要他们确确实实是要做祈祷，而不是搞反对波兰的行动，或者从波兰人手中夺取用波兰人的钱建设的圣殿。

Ⅳ.协会组织

波兰侨民最重要的需求之一是协会组织，这个组织可以联合某个地区的全体波兰民众，或者是因为共同的利益结成的小团体。关于组织协会的需求，我不准备做更多的阐述，因为成立这个组织的好处尽人皆知，各种论证都是不必要的。在每一个居住有哪怕是几个波兰家庭的地方，都应该建立以发展文化、慈善和经济为目的的协会组织。最需要建立的协会应是以下述活动为目的的：建立和开办波兰图书馆，订阅波兰杂志，建立波兰学校，开办波兰语读写培训班，组织唱歌、表演或体育团体及慈善组织，建立教堂或小礼拜堂等等。在那些波兰人较多的地方，可以根据具体情况和需求，多建立几个协会组织。

我要强调的是，要建立纯波兰协会，就是只有波兰人参加的组织。背离这个原则，就会产生非常不利的后果。我们有这样一个例子，在X市建立了“慈善协会”，参加这个协会的除了几十个波兰人之外，还有两个亚美尼亚人——天主教信徒。有11个波兰人和1个亚美尼亚人被选入这个协会管理层。因为这个亚美尼亚人不懂波兰语，所以所有的全体会议和理事会都必须用俄语。协会的文件也用俄文。结果协会里出现了一些智力发育不全的人。这些波兰人开始公开声称：“我们不是波兰协会，因为我们要尊重其他民族的成员。我们必须用一种大家都听得懂的语言开会！我们无权建立纯波兰孤儿院，因为会有不是波兰人的小孩子进入孤儿院！”

因此值得注意的是，在这个协会里波兰人每个月交会费超过100卢布，而亚美尼亚人每月交2卢布。尽管如此，被误解的宽容，或者说是许多波兰人的智力问题妨碍了协会活动的发展。事实上，完全可以接收亚美尼亚人作为特别或荣誉成员，免收他们的会费，这样协会就可以有活动的自由，就不用因为一碗小扁豆出卖自己使用自己祖国的语言和进行独立活动的权利了。

为了解决一些重要的事情和平等对待波兰的整体利益，应该在波兰侨民居住人数较多的地区建立波兰协会联合会组织，由几个或更多的成员组成，这些成员应由所有的被确认为波兰协会代表的人从全体波兰侨民中选出。在某些情况下，可以邀请那些虽然不是某个协会的代表，但是对某个地区的侨民或对波兰海外事业做出贡献的人做候选人。我再一次强调，这个组织的成员一定要从全体波兰侨民中选取，而不是从当地的协会的代表中选取，因为这些协会的数量和质量总是在不断地变化。在哈尔滨已经成立了这样的组织，名称是“行动委员会”，这个组织的“规章”我放在本书最后的章节，希望这个样本对于其他那些居住着波兰侨民的地区会有益处。

在远东组织协会比较麻烦的是，经常将一些完全不合适的人选入管理层，不知是因为缺少社会工作能力呢，还是因为懒惰，或者是粗心大意。许多候选人都有一种天生的卑屈性，说白了就是奴性，这种性格使得他们参加候选，为那些职位高或者有钱的人说话。尽管大家都知道，做社会工作时，他们的能力是零，他们参选纯粹是为了所谓的“荣誉”，实际上是虚荣。在许多的情况下我们看到，被选上的人根本不去开会。对付这种情况的唯一武器是制定原则，这个原则所有的协会都必须遵守，如果管理层的某个成员三次不参加会议，而且没有非常重要的问题妨碍他出席会议,将自动停止他的管理成员资格,在他的岗位上再选出,或者增补一位新的更负责任的成员。

波兰侨民联合会

不仅是对于远东的侨民,而且是对于所有在波兰境外的波兰人很有必要的一件事是：建立一个将世界各地的波兰侨民与祖国波兰保持固定联系的组织。这个组织应该建立在华沙，以联合会的形式命名为“波兰侨民联合会”。这个联合会应是一个非政治和非党派的机构，应该设立负责移民、企业、贸易等事务的信息部门，以及劳动市场调查和劳动中介部门，并将有关信息通告所有的波兰侨民。

在本书的最后我编入了哈尔滨“行动委员会”起草的《波兰侨民联合会章程》方案。我希望,在华沙的波兰侨民代表大会上讨论过的，做了相应的补充和修改的这个方案将正式生效，并为我们的侨民带来好处。将来在这个“波兰侨民联合会”中应该设立一个“移民研究院”,从事其他具有发达的海外侨民的国家同样的移民机构所从事的工作。

Ⅴ.定居点

在本书中题目为“海拉尔”的一文中我谈到,在中国土地上唯一适合作为欧洲农业定居点的是巴尔嘎(呼伦贝尔)地区,就是在额尔古纳河和兴安山脉之间，在铁路线北和部分在铁路线南,在兴安和满洲里车站之间(372 千米)。

在哈尔滨出版的《波兰周刊》杂志和副刊《远东》上,我多次刊登文章和报道,介绍有关俄罗斯“白俄”侨民在布尔什维克之前在那里建立的定居点。我曾多次鼓励这里的侨民在这里定居，进行农业耕种。这是在几年前，当时在哈尔滨有许多来自阿穆尔地区的波兰侨民,乡村绅士的后代,300 年来他们一直居住在德涅斯特尔、贝雷兹纳和高锐德涅普洱地区,在 20 年前移民阿穆尔、泽岩和塞莱兹地区。他们是很有能力的移民群体，很适合在西伯利亚针叶林进行劳作，大多数人具有或多或少的资产，是他们变卖农产品和牲畜所得。但是不幸的命运破坏了这个方案。有人答应给他们金山——新成立的波兰政府将资助他们回波兰，于是他们中富裕的人迫不及待地先去了上海、法国等地，更多轻信的人最终等到的是，在哈尔滨的鹅卵石路上越走越穷，最后变成了城市无产者。这个时候如果在巴尔嘎地区安排一个或更多的农业侨民定居点，从事农业种植和牲畜饲养来维持生活，他们可能会成为富裕的农场主，我们在中国领土上的侨民将可以从他们那里获得强大的支持。俄罗斯侨民给我们做出了榜样，他们在巴尔嘎建立了 22 座村庄,生活富裕并独立,巴尔嘎地区足够再接纳几百万居民。

这一计划在某些地区还是有可能实现的，只要有一个精力充沛、组织力强并具有一定的物质基础和了解地方关系的团体。现在居住在哈尔滨和这个城市周围的农民侨民中，可以找出几十个家庭愿意从事农业定居。现在所有的这一切都因为缺少经费、物资而受阻,除非出现某种特别意外的巧合能改变这种不好的状况。

除了从事农业定居外,还可以从事工业定居。在巴尔嘎和满洲里北部地区完全可以建立加工农产品、畜牧产品的工厂，能够保证成百上千人的日常生活，甚至很好的收入。德国人很想在满洲里扩大自己的影响，他们已经注意到在这个地区侨民从事农业定居的可能性。德国的考察小组不久前来过满洲，他们翻译了我所有刊登在《波兰周刊》和《远东》杂志上关于这一问题的文章,并在当地对这些文章进行了系统的和有针对性的增补。现在看来，这些文章在华沙根本没有人看,如果有人看了,也没有引起注意。也可能是因为在华沙还没有建立一个负责这个问题的国家行政管理机构。只能说，到目前为止我们波兰人的工作成果只是被德国人利用了。不建议公开发表类似的文章，这样对于我们在远东的发展只有害,而无利。

Ⅵ.文化保护

尽管上述文章不能概述远东波兰侨民所有的需求,但是要明确的是，与我们的经济和贸易的发展同等重要的是，支持和继续发展我们在中国、日本,以及将来在西伯利亚的波兰文化组织。现有的中学和小学，还有下一步需要建立的协会、图书室、寄宿学校、孤儿院、教育学院、青年人校外和毕业后的教育体系,这一切都需要持续的保护、指示和领导。由于地域广泛和地区条件不同,所以这个问题特别复杂，要对远东当地的人和政治、社会以及经济条件进行认真的研究。所以不仅是建议，而且是很有必要为了保护和领导现有的和新建的文化机构而设置“波兰文化机构巡视员”机制。建立巡视员机制只是为了巡视学校是没有道理的,因为一个波兰中学和几个小学只是我们在这里的一小部分文化机构。除此之外,这些学校具有很好的、热爱工作的教师,完全可以满足学校的需要。更重要的是在现有的波兰侨民居住地,逐步地组织起新的波兰民族团体,因为波兰侨民现在分散地居住在辽阔的地域,如果不采取特别的措施和进行引导,他们将失去民族感。应该更加重视我们的青年一代,在满洲北部许多地区他们开始俄国化了,在南萨哈林开始日本化了,在上海、天津等地开始英国化了,或变成不确定的国际分子,虽然宗教信仰还或多或少是天主教,但是对于民族感已经开始淡漠,这对于波兰事业是有害的。

建立于1911年的阿城波兰学校,主要招收这里制糖厂工人的孩子。第一任教师是沃伊狄拉克夫娜女士。在1927—1928学年由奥地利籍教师斯坦尼斯拉娃·罗斯瓦诺夫娜女士任教

文化机构巡视员的责任应该是:在波兰精神下保护和领导我们侨民现有的学校和文化机构,以及在那些不被重视和有民族感缺失危机的地区建立新的波兰民族团体。

我国的三个政府部门与我们在南亚的侨民发展密切相关,它们是外交部、工业部和商贸部,它们应该共同联手解决这个极为重要和紧急的问题。这是非常重大和不可延误的事情。

哈尔滨(中国)“行动委员会”规章

Ⅰ.名称、目的和所在地

1.协会名称为“行动委员会”,目的是集中和统一所有居住在中国的波兰人的利益，在华沙的波兰侨民代表大会以及这个代表大会的相关机构中，代表居住在中国的波兰侨民的文化和经济利益。本会是非政治性的和无党派的。本会所在地是哈尔滨市。

2.为了达到上述目的,“行动委员会”将下述工作视为自己的任务，收集一切涉及居住在中国的波兰侨民的状况，一切在中国的文化机构状况的信息，构想和实施一切有关在中国的波兰侨民民族、文化和经济发展的原则、纲领和计划。所有华沙波兰侨民代表大会和相关的机构关心的问题,都由“行动委员会”来通告,或者应代表大会或相关机构的要求来转达。

Ⅱ.协会的委员

3."行动委员会"协会委员的组成：

a.在哈尔滨的波兰组织中以及波兰民众代表大会上选出的委员。

b.由行动委员会委员通过不记名投票选出的替代离职委员的候补委员。

c.行动委员会委员人数不能超过八人。

Ⅲ.权利与义务

4.行动委员会委员要为实现本规章第2条中提出的协会目的而工作，召开会议，表决决议，从委员中选出主席、副主席、秘书、司库以及其他所需的职员。

Ⅳ.取消委员资格

5.行动委员会委员没有正当的理由或者解释，连续三次缺席会议，这样证明他对协会的事务不关心，就可以停止他的委员资格。由于某个委员工作不力，可以由行动委员会委员开会，以3/4票数通过取消其委员的资格。

Ⅴ.解散协会

6.可以在以下情况下解散协会：

a.在侨民代表大会不再召开，一切为召开这个代表大会的工作和努力都不复存在的情况下。解散协会的决议必须由委员会全体委员的3/4票数表决通过。

b.如果行动委员会自行宣布解散，关于解散的决议要由全体委员的3/4票数表决通过。

Ⅵ.协会基金

7.行动委员会基金来自自愿的捐助，由该委员会成员或委员会外的人员和机构捐助。较大的开销基金将由委员会通过的方法募捐。行动委员会的账目由司库管理。

Ⅶ.总则

8.一切事项（除了在第3条b、第5条和第6条a与b中提到的）都要通过公开投票，一般多数通过。在票数平均的情况下，由协会主席裁决。

9.只要有一位委员要求，就要举行不记名投票（卡片）。

10.修改规章必须经过全体委员投票，3/4票数赞成才能通过。

11.委员会召开报告会和信息发布会。

12.有效投票人数应不少于六位委员。

波兰侨民联合会章程

Ⅰ.联合会目的

1.a.波兰侨民联合会的目的是建立和保持分散在全世界的波兰侨民与自己的祖国波兰之间的固定联系。

b.波兰侨民联合会是非政治性组织。

2.根据实际的需求,波兰侨民联合会设置了涉及移民、工业、贸易和政治事务的信息部,以及劳动市场调查和劳动中介部。

Ⅱ.联合会组织

3.波兰侨民联合会由在华沙的中心和在各个侨民居住区的分会组成。

4. 联合会的中心和分会的工作与联合会的整体目的协调一致，具有内部的自治权。

Ⅲ.联合会中心

5.联合会中心由定期在华沙召开的侨民代表大会选出。

6.中心委员人数由侨民代表大会确定。

7.《波兰侨民联合会章程》的副本，由中心分发给联合会的所有分会。

Ⅳ.分会组织

8.联合会的分会由各地侨民居住区的波兰组织和机构的代表选出。

9.联合会每一个分会委员的人数，根据人数越少工作效率越高的原则，通过选举大会确认。

10.联合会各个分会制定和通过自己的章程，向联合会中心通报分会委员会的成员名单，并递交分会章程的副本。

Ⅴ.联合会工作

11.中心定期通报各个分会。

a.波兰政府的法令条例，波兰各机构涉及侨民事务工作的成果。

b.定期通报波兰的工业和贸易的形势与状况。

c.指导和帮助联合会的分会纠正那些由我们的对手散布的谎言，本着对波兰人和波兰友好的精神引导波兰侨民所在国家的公众舆论。

d.应各分会的要求，联合会通报波兰与其他有关国家关系的状况。

e.定期通报联合会分会关于波兰国内劳动市场的情况。

12.中心是波兰侨民代表大会的执行机构。中心掌握关于所有波兰侨民居住地详情，是波兰侨民面对波兰政府和有关机构的代言人。

13. 联合会中心向侨民代表大会做关于联合会最后一次代表大会以来的工作报告。

14. 联合会分会定期向中心递交由它们自己收集的既广泛又详细的资料，资料涉及下述方面。

a.波兰侨民在当地的居住条件。

b.工业和贸易情况。

c.对两国政府和人民有影响的政治事件。

d.劳动市场。

15.联合会分会在所在国的工作范围。

a.提供波兰和其他国家的有关侨民、工业、贸易、劳动市场的信息。

b.影响当地的公众舆论，引导其向有利于我们的方向发展。

c.除此之外，联合会的分会设有劳动中介部门，在可能的情况下提供一次性的资助。

16.在侨民代表大会召开之前,中心要求各分会在规定的时间内,向中心提交关于最后一次代表大会后自己的工作报告。

17.在分会决定解散时,分会主席要将这个决定通知中心,并解释原因,同时递交关于分会工作的报告。

Ⅵ.联合会基金

18.联合会基金的来源。

a.组成联合会分会的团体和协会的捐款。

b.个人和团体的捐助。

c.政府津贴。

d.提供有关贸易和工业信息的报酬。

Ⅶ.最终决议

19.中心的章程由波兰政府批准,联合会受波兰政府保护。

20.修改本章程以及解散联合会的决定,只能在华沙的波兰侨民代表大会上经与会的全体代表投票表决,2/3 的赞成票才能通过。

关于哈尔滨波兰侨民历史补充说明

——1917 年 5 月 14 至 27 日，在哈尔滨召开了波兰军人代表大会，成立了“满洲波兰军人联合会”。

——1919 年 7 月 19 日周六，在显克微支中学大厅召开了成立“哈尔滨波兰教区”大会。

——1919 年 11 月中旬，哈尔滨的波兰军队开始组织起来。在此期间，“艾河”火车站（哈尔滨东）俄罗斯的旧军营中滞留了约 400 名波兰伤残军人，其中大多数来自前澳大利亚军队。

——1920 年 2 月 1 日，在哈尔滨成立了欢迎波兰共和国高级委员约瑟夫·塔尔果夫斯基先生的公民委员会。

——1920 年 3 月 3 日，高级委员约瑟夫·塔尔果夫斯基先生抵达哈尔滨。巴拉诺夫斯基将军到来，为将西伯利亚第五师的剩余士兵带回国。

——1920 年 10 月 15 日,中国政府要求摘下波兰家园协会房顶上的波兰旗帜，当时这里住着波兰领事。其理由是在波兰与中国签署条约之前这样做是违法的。

——1926 年 9 月 1 日，伯莱斯瓦夫·奥林斯基中尉和库比亚克中士来到哈尔滨,他们是从华沙到东京,途经哈尔滨的,受到了热情的款待。

——1927 年 11 月 16 日周六,波兰家园协会庆祝协会成立 20 周年。

关于《亚洲的波兰媒体》一文

关于在西伯利亚发行的波兰杂志中没有提到《波兰之声》,这本杂志是 1919 年在伊尔库茨克出版的。出版社位于阿穆尔大街 44 号。季刊订阅费 24 卢布。

关于《哈尔滨波兰天主教会》一文

应加入:1927 年 6 月 9 日,哈尔滨传来官方消息称,两个教区之间的界线从北向南以巴依卡里亚湖为界。

关于《海拉尔》一文

本文第 16 行（119 页倒数第 11 行——编者注），不是“300 米”,应该是“475 米”。在第 25 行后面应加入:满洲研究协会于

1927年夏天派工程师卡齐米日·格罗霍夫斯基考察这里的遗址。工程师卡齐米日·格罗霍夫斯带着城市地图，进行了一系列的考古挖掘工作，得到了很有价值的成果。考察结果将首先在研究协会的考古部门公布，然后可能在波兰报刊发表。

本文第10行(120页第5行——编者注)，不是“30千米”，而是“82千米”。

本文应加入一段，题目是“海拉尔附近与义和团的战斗”：

得知中国发生了义和团运动，在萨巴依卡利亚地区阿巴噶图耶沃村附近(额尔古纳河旁)组织起了一支俄军部队，受奥尔沃瓦少将的指挥。他的部队组成为：萨巴依卡利亚哥萨克第4、第6步兵营，维尔赫涅乌丁斯克第3骑兵团，萨巴依卡利亚哥萨克第2炮兵团。这支队伍里还加入了4支在中国军队的压力下从海拉尔撤出的警卫部队。1900年7月12日，这支部队过了边界，于7月17日在海拉尔西64千米处的万公(音译)火车站与中国人发生了第一场战斗。中国军队败退了，给俄国人留下了2门炮、2面旗子、许多手枪和500多具尸体。俄国军队死了8个哥萨克人，18人受伤。人们在距万公(音译)车站1.5千米的阵地中央埋葬了尸体，为他们竖立了木质十字架，上面刻下了死人的姓名和下面的文字：“1900年7月17日在万公(音译)地区战役牺牲的海拉尔军团兄弟们的墓地。”为虔诚的信仰而抛洒鲜血的勇士！

7月19日，他们占领了海拉尔。而义和团据守在艾明高尔河(音译)右岸，现在这里空空荡荡的，而在1900年这里曾是茂密的森林。经过一阵枪战后，义和团向东撤退。为帮助俄国人，又有两个哥萨克步兵团——第5团和第3团来到了海拉尔。后边的这个团是由斯塔凯维奇中尉指挥的，他是波兰7月1日起义者的儿子。8月1日在牙克石火车站附近(海拉尔东82千米),他们与义和团发生了第二场战斗。俄国人被打死3个士兵,10个人受伤,其中4个人第二天也死去了。中国战死的人中有他们的指挥员鲍上校。第三场战斗发生于8月11日在依尔克特和兴安车站之间的山凹里（海拉尔东185千米）。斯莫兰尼库夫中尉和两位副官阵亡，他们被埋在乌斯特霍里格尔旁的山丘上（山凹的东边）。8月11日，就在同一个地方，被派来包围敌方的骑兵队长布拉托维奇最后粉碎了中国人的进攻。然后整个部队进入了齐齐哈尔。8月19日，这个城市被朗内卡木法将军的部队占领，这个部队是从布拉戈维申斯克过来的。

本文倒数第11行应该是“喀喇沁”部落。他们没有力量继续与中国人征战。

关于《波兰人在上海》一文

本文应该加上“1918年8月13日在上海成立了‘波兰家园’”。上海的波兰侨民中的知名人士几乎全部出席了成立仪式,56位波侨,全体准备过境到法国的波兰士兵,来自哈尔滨的客人——维伯罗夫先生、依兹伯尔斯基先生、阿莱克山德尔·艾斯莫特神父、法国和俄国总领事、塞尔维亚军队代表。波兰家园除了具有餐厅和图书室外,还有10个付费和免费的客房,持续活动了几年。

关于《波兰人在中国的中南部》一文

本文应该加上："最早在中国的波兰传教士是耶稣会教士：奥米哈儿贝姆，1631 年作为中国使团牧师访教皇英诺森十世；奥米科瓦依斯·莫古莱斯基和奥安德列·卢道铭。卢道铭于 1651 年死于港口城市福州，人们在那里为其竖立了墓碑，碑文是用葡萄牙文和中文写的。"

关于《波兰人在日本》一文

本文应该加上："在日本的第一位波兰传教士是奥沃依切·赫曼钦斯基，他于 1643 年在长崎市附近殉道。"

关于《东印度》一文

本文应该加上："最早在印度的波兰传教士是奥海罗宁德·热维茨基，他是寺庙住持。还有奥迪欧尼日·米林斯基，米林斯基于 1673 年死在那里。在 18 世纪最知名的传教士是奥佛罗·朗茨什舍斯塔克，在 1746—1773 年任维拉波利地区大主教。扎莱斯基神父是教皇在印度的代表，在 1892—1902 年任特里西诺波利地区大主教（1925 年死于罗马）。"

卡奇米什·加特科夫斯基神父，现在是第 13 年在库纳的印度学校教学，此前在坎达拉，后来在迪思特利特（孟买附近）。

注：Ⅰ.尊敬的读者，我们对于本书中存在诸多的印刷错误而深表歉意。经过五次校对后，还存在着一些基本的错误。

Ⅱ.为本书第二版提供资料者，请邮寄至：中国邮政信箱60，哈尔滨，中国。